KB050383

天魔再生

천마재생 9

초판 1쇄 인쇄일 2015년 9월 21일 ｜ **초판 1쇄 발행일** 2015년 9월 23일

지은이 태규 ｜ **펴낸이** 곽중열 ｜ **담당편집 팀장** 이범수
편집부 신연제 이윤아 김호성 김은경

펴낸곳 (주)조은세상 ｜ 출판등록 제2002-23호
주소 경기도 연천군 미산면 청정로1355
TEL 편집부 02)587-2966 ｜ FAX 02)587-2922
e-mail bukdu@comics21c.co.kr

ⓒ태규 2015
ISBN 979-11-5832-288-5 ｜ ISBN 979-11-5512-983-8(set) ｜ 값 8,000원

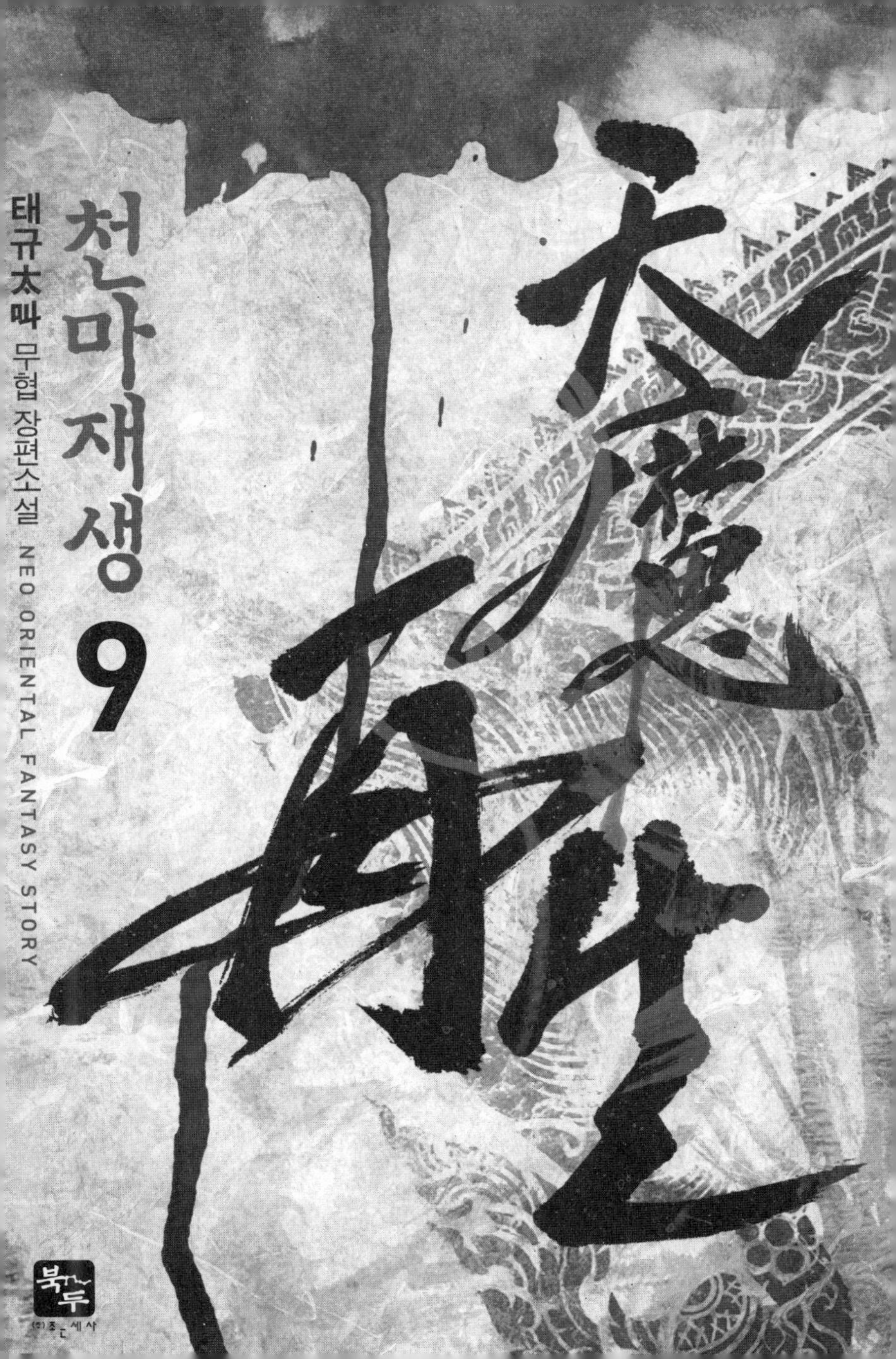
천마재생
9
태규太때 무협 장편소설
NEO ORIENTAL FANTASY STORY
天魔再生
북두
(주)조은세상

NEO ORIENTAL FANTASY STORY

天魔再生

第八十一章.

대책은 놈들이 세워야지

第八十一章.

대책은 놈들이 세워야지

화염이 춤을 추고 있다.

무너져 내린 성하맹의 다섯 번째 벽, 초혼애의 /틈새를/
떠돌며 덩실덩실 화려한 춤사위를 벌인다.

안개처럼 자욱하게 깔린 잿가루는 펄펄 날리며 불꽃의
춤사위에 어울려 준다.

터져 나오는 고함과 비명은 곡조로써 흘러, 저 참혹한
춤사위에 장단을 맞춘다.

대체 누구를 위한 연회인가?

이토록 참담한 광경은 대체 무엇을 위한 잔치인가?

그 질문의 답이라는 것처럼 남장후는 산책을 나선 듯한
여유로운 걸음으로 불길 사이를 열고 걸어 나왔다.

9

그의 걸음이 닿는 곳마다 화염은 열리고, 검은 연기는 밀려났다.

주인의 행차에 경배하는 종복만 같았다.

남장후는 당연하다는 듯한 태도로 계속 걸음을 옮겼다.

다섯 번째 벽인 초혼애에서 네 번째 벽까지의 거리는 최단거리로 잡아서 육리 정도.

남장후가 원한다면, 몇 걸음 만에 도착할 수 있는 거리였다.

하지만 남장후는 바쁠 일이 없다는 듯 산책 나온 사람처럼 한가롭기만 했다.

그가 한 걸음을 내딛을 때마다 성하맹 이곳저곳에서 폭음이 울렸고, 불꽃이 피어올랐다.

영문을 모르는 성하맹의 무사들은 이리저리 돌아다니며, 알아들을 수 없는 괴성만 질러대고 있었다.

"대체 뭐가 어떻게 된 거야!"

"적습이다!"

"그러니까 적이 어디 있는데? 불길부터 잡아!"

"적습은?"

"적이 어디에 있는데! 보여야 막지!"

성하맹의 무사들은 저마다 외쳐대며 이리저리 떠돌았다.

바로 옆에 남장후가 걷고 있음에도 그가 적이라는 사실을 알지 못했다.

당연하다면 당연한 일이었다.

성하맹을 급습한 적도의 수괴가 이렇게 나들이 나온 듯이 여유롭게 그들 사이를 걷고 있으리라고는 그 누구도 생각할 수 없을 테니까.

어느 순간, 성하맹의 무사 중 하나가 갑자기 뜀박질을 멈추더니, 남장후에게로 다가왔다.

"너, 뭐야? 지금 상황이……, 어? 복장이 왜 이래? 정복이 아니잖아?"

무사는 남장후를 아래위로 훑어보더니, 뭔가 짐작했다는 듯 눈을 크게 떴다.

"너, 소속이 어디냐."

남장후는 대꾸하는 대신, 그저 그를 향해 시선을 돌렸다.

무사의 눈매를 얇게 좁혀졌다.

"역시."

그러더니, 쥐고 있던 칼을 높이 치켜들었다. 그리고 바로 남장후를 향해 내리찍으려는데, 갑자기 뚝 동작을 멈췄다.

그리고 그대로 허물어졌다.

어떻게 된 일일까?

11

그의 뒤로 한 사내가 모습을 드러냈다.

사내는 복면을 착용하고 있어 용모를 알아볼 수가 없었다.

복면인은 남장후를 향해 정중히 고개를 숙였다.

"처음 뵙겠습니다. 혈성이호(血星二號)입니다."

'혈성(血星)'이란 소한살객이 남장후의 명령에 따라 지난 삼년 동안 성하맹에 잠입시킨 간자의 단체명.

오늘의 부름을 위해 오욕과 수모를 참으며 삼년이라는 인고의 시간을 버텨온 이들이었다.

남장후의 입이 벌어졌다.

"복면을 벗어라."

"네?"

"전쟁은 시작되었다. 이제 남은 건 이기느냐, 지느냐, 둘 중 하나이다. 지금 네가 내 앞에서 복면을 쓰고 있다는 건, 지더라도 정체를 숨긴 채 살아남겠다는 치졸한 수작으로 밖에 보이지 않는다."

"그게 아니오라, 저는 그저……."

남장후가 처음으로 그에게 시선을 두었다.

"전쟁터는 명백하다. 적이 아니면 아군. 아군은 곁에 두고, 적은 죽인다. 네가 선택을 못하겠다면, 내가 /선택을 할 수 밖에./"

그 순간 혈성이호가 재빨리 복면을 뜯어냈다.

"죄송합니다. 생각이 짧았습니다."

그러며 급히 몸을 숙였다.

복면이 사라진 그의 얼굴은 가시 같은 수염으로 가득했다.

누가 사내를 보았다면 이리 외쳤을 것이다.

성하맹을 구성한 신흥문파 중에서도 손꼽히는 세력인 절검문의 문주이자 성하맹의 외당의 당주직을 겸임하고 있는 일검칠절(一劍七絶) 파인정(巴人丁)이라고.

그는 성하맹 공식서열 십위의 인물로, 실세 중 실세였다.

그런 그가 왜 성하맹을 배신한 걸까?

지금 성하맹의 무인 중 누군가 나타나 파인정에게 따져 묻는다면 그는 대수롭지 않게 이리 대꾸할 것이다.

나는 배신한 적이 없다고.

단지 집마맹의 주구로써 이용당할 수 없었을 뿐이라고.

남장후는 그에게서 시선을 떼고 다시 앞으로 걸음을 옮겼다.

"상황을 설명해보아라."

파인정은 그의 곁에 붙어 걸으며 말했다.

"현재 혈성의 요원들은 신호에 따라 병참과 요지를 폭파시키고 있습니다. 하지만 아직 사벽의 대문은 장악하지 못했고, 삼벽 안쪽은 아예 신호조차 없습니다. 아마도 당한 모양입니다."

계획은 신호를 받는 순간, 혈성의 요원들이 약속한 대로 궐기하여 삼벽까지 장악하기로 되어 있었다.

남장후가 살짝 고개를 끄덕였다.

"흐음. 제법이군."

그의 뇌리에 회존의 얼굴이 스쳤다.

"그 녀석이겠지?"

기다렸다는 듯이 맞이하던 녀석.

그 녀석만은 그의 등장을 준비하고 있었다는 듯했다.

광기가 느껴지던 녀석이었다.

그런 녀석은 목적을 위해서라면 자신의 목숨조차도 우습게 던져버린다.

그런 녀석이 저 벽 너머에서 뭔가를 꾸미고 있는 거다.

남장후의 입매가 사납게 비틀린다.

"귀엽게 구는군."

그 사이에도 파인정의 상황보고는 계속 이어졌다.

"집마맹은 정예만을 추려, 삼벽 안쪽으로 이동시키고 있습니다. 전력이 되지 않는 녀석들은 버리고, 삼벽을 중심으로 하여 농성을 벌이겠다는 판단이지 않나 싶습니다."

남장후는 소리 없이 웃었다. 그리고 뜬금없는 화두를 던졌다.

"전쟁이란 뭔지 아나?"

"네?"

"전쟁은 목적을 이루기 위한 극단적인 선택이지. 상대를 죽이고 무너트리고 없애서라도 목적을 이루겠다는, 이기의 극치야."

"그렇지요."

"나의 전쟁은 집마맹의 섬멸이야."

"그렇지요."

"그러면 놈들의 전쟁은 뭘까?"

"무림제패 아닐까요?"

"그렇지. 그러면 놈들이 무림제패를 이루기 위해 선결하여 제거해야할 대상은 무엇이지?"

파인정은 대꾸하는 대신, 물끄러미 남장후를 바라보았다.

남장후는 살짝 고개를 끄덕였다.

"그래, 바로 나야. 내가 이곳에 있다. 홀로 이렇게 찾아왔어. 그런데 놈들이 농성 따위를 할까?"

"그렇다면?"

"놈들이 정예를 불러들여 삼벽 안쪽에 웅크리고 있는 이유, 뻔해. 나를 없애기 위한 함정이겠지."

파인정은 침음성을 흘렸다.

"흐으음. 그럴지도 모르겠군요."

"그럴지도 모르는 게 아니라, 그래. 난 놈들을 잘 알지."

파인정의 눈이 빛났다.

"상황을 예측하시고 미리 대책을 세워두셨군요."

남장후는 고개를 저었다.

"아니."

"그럼……."

남장후가 사벽 쪽으로 고개를 돌리며 속삭였다.

"대책은 놈들이 세워야지."

스윽.

그의 몸이 사라졌다.

목소리만 남아 파인정의 귓가에 맴돈다.

"닷새 후, 협륜문의 지원병력이 도착할 것이다. 계획대로 그때까지 혈성을 이끌고 오벽과 사벽을 장악한 후 인계하라."

파인정은 목소리의 방향을 쫓아 고개를 돌렸다.

멀리 보이는 사벽의 문 앞, 남장후가 서 있었다.

남장후의 등에 날개처럼 푸른빛의 팔 하나가 맺히는 것이 보였다.

그러자 남장후가 오른팔을 들어올렸다. 동시에 푸른빛으로 이루어진 팔이 내려와 남장후의 오른팔에 스며들었다.

수라마안과 함께 수라천마 장후를 상징하는 무공인 파천육비절예 중 하나를 사용하여 문을 부숴버리려고 하나 보다.

하지만 아무리 수라천마 장후라고 하여도 사벽의 문을

뚫는 건 무리였다.

성하맹의 네 번째 벽은 철옹벽(鐵甕壁)이라는 이름을 가지고 있었다.

다섯 번째 벽인 초혼애 안쪽은 하급무사들의 거주지로 사용되고 있었고, 정예라고 할 만한 이들은 모두 이 철옹벽 안쪽에 머물렀다.

그렇기에 철옹벽은 초혼애와 비교할 수 없을 만큼 단단할 뿐 아니라, 방벽으로써의 용도에 특화되어 있었다.

수십 개의 화포를 일시에 발포한다고 해도 끄떡없을 것이라고 자부할 정도였다.

뿐만 아니라 총 열두 개의 격벽(隔壁)으로 잇대어진 형태였기에, 혹시 과중한 충격을 받아 일부가 부서진다고 하여도 방벽으로써의 형태와 용도를 유지할 수 있도록 설계되어 있었다.

또한 무너진 부위에 예비격벽의 부품을 모아 붙일 수 있는 유기적인 구조였다.

때문에 혈성이 신호를 받는 순간 선결적으로 처리하기로 되어있던 작전이 바로 이 철옹벽의 장악이었다.

하지만 실패하고 말았고, 때문에 상당한 공을 들여야만 열 수 있을 듯했다.

어쩌면 오일 후에 도착할 협륜문의 지원병력을 기다려야할지도 몰랐다.

아무리 수라천마 장후가 고금제일무인이라고 하여도 한 사람의 힘으로 할 수 있는 건 한계가……

콰아아아아아아아아아아아아앙!

푸른빛이 온 세상을 물들였고, 동시에 고막을 찢을 듯한 굉음이 터져 나왔다.

땅은 지진이 난 것처럼 일렁였다.

때문에 파인정은 잠시 중심을 잃고 비틀거렸다.

대체 무슨 일이 벌어진 걸까?

파인정은 굉음이 터져 나온 철옹벽의 문을 향해 고개를 돌렸다.

대문이 있던 자리에 집채만 한 구멍이 보였다.

구멍은 무려 십여 장 너비의 정문을 모조리 뚫고 철옹벽 안쪽을 고스란히 내비쳤다.

그 앞, 남장후가 주먹을 내지른 자세로 서 있다.

남장후의 주변에는 갑자기 문을 닫혀버려 어쩔 수 없이 철옹벽 안으로 들어설 수 없었던 성하맹의 정예무인들이 모여 있었다.

그들은 조금 전까지 성문 위를 향해 문을 열어달라며 고래고래 외치며 협박 혹은 애원하고 있던 상태였다. 하지만 지금 그들의 벌어진 입에서는 아무 말도 흘러나오지 않았다.

입만큼이나 크게 벌어진 눈으로 남장후 만을 바라보고 있었다.

남장후는 주먹을 풀어 내리며, 자신을 바라보는 정예무
사들을 향해 말했다.

"같이 들어가겠느냐?"

그의 목소리를 들은 정예무인은 모두 고개를 내저었다.

남장후는 그럴 줄 알았다는 듯 관심을 끊고, 자신이 만
들어낸 구멍을 향해 걸음을 옮겼다.

멀어져가는 그의 뒷모습을 바라보던 파인정이 속삭였다.

"엄청나구나. 저게 사람이야?"

그리고 바로 알 수 없다는 듯 고개를 갸웃거렸다.

"저럴 거면, 우리는 왜 잠입시킨 거야?"

†

성하맹의 가장 안쪽의 벽, 제일벽은 은성와(隱星窩)라
고 불린다.

와(窩)란 '움집'을 뜻하는데, 은성와가 벽이라기보다는
움집에 가까운 특이한 형태를 가지고 있기 때문이었다.

너비가 십장, 높이는 가장 높은 곳이 삼장 쯤 되는 반원
형의 구조였다.

다만 움집과 다른 점이라면 천정의 중심부에는 사람 하
나가 겨우 들어갈 수 있는 크기의 구멍이 하나 있다는 것
뿐이었다.

천
마
재
생

낮이면 그 구멍 사이로 빛살이 스며들어와 하늘을 향해 제를 올리는 제단과 같은 신성함이 느껴졌고, 밤이면 달빛이 흘러들어와 고적한 사원 같은 신비한 분위기를 연출했다.

하지만 지금은 그저 음산하기만 할 뿐이다.

밤이기 때문일까?

아니다.

이 자리에 모여 있는 이들의 침중한 표정과 불안한 눈빛 때문일 것이다.

인원수는 총 스물 셋.

집마맹 소속 마인 중 서열 백위 안에 드는 이들로, 당장 제협회 원로의 목을 따오라고 하면 정원에서 잘 여문 사과 하나 따러간다는 듯 일어설만한 고수들이었다.

그런데 지금 그들의 태도는 이제 처음 칼을 잡아본 초짜처럼 불안하기만 했다.

그들은 중앙부, 천정에서 흘러나오는 달빛이 내리는 자리에 위치한 단상에 놓인 호화로운 의자를 가만히 바라만 보았다.

그 의자의 주인은 오직 집마맹주 뿐이었다.

그가 모습을 드러내어 강호무림의 진정한 주인이 누구인지를 선포하는 순간을 위해 만들어졌기 때문이었다.

그렇기에 성하맹이 건설될 당시 가장 먼저 만들어졌고,

만들어진 이후에도 계속 비워져 있었다.

그런데 오늘 한 사람이 그 자리에 앉아있다.

바로 집마십존 중 일인인 회존이었다.

그는 그 의자의 주인이 본래 자신의 것이었다는 듯이 자세마저 편안했다.

하지만 아무도 그의 망동을 질책할 수는 없었다.

그를 탓할 수 있는 건 집마맹주와 같은 집마십존 뿐이었다.

그런데 이 자리에 있는 사존과 용존, 환존은 그저 방관하고 있을 뿐이었다. 더구나 그들은 오히려 회존을 호위라도 하듯이 서 있었다.

집마맹의 마인들은 그들의 모습을 통해 네 사람 사이에 무슨 약조가 있었다는 것을 느낄 수 있었고, 그 약조가 무엇인지를 이제부터 회존이 알려줄 것이라고 짐작했다.

회존의 입이 벌어졌다.

"자, 다 모인 것 같으니 대책회의를 시작하지. 아! 제가 지금부터 맹주님을 /대행하기로/ 했으니 알아들 두고."

역시나.

회존이 가볍게 주변을 쓸어보며 말했다.

"다들 상황은 알고 있지?"

모를 수가 없었다.

적이 급습해왔다.

21

도착하자마자 바로 제오벽인 초혼애가 뚫어버렸으니까.

그 정도에 놀랄 집마맹 마인들이 아니었다.

다만, 급습한 적이 누구인지가 중요했다.

수라천마 장후!

그가 왔다.

회존이 눈동자만을 움직여 찬찬히 사람들을 쓸어본 후 말했다.

"아마 우리는 오늘 여기서 죽을 거야."

순간, 여기저기서 침음성이 흘러나왔다.

회존의 태도로 볼 때 뭔가 믿는 구석이 있구나 하고 기대했는데, 그 역시도 뚜렷한 대책을 마련하지 못한 모양이었다.

그 순간 회존이 히쭉 웃었다.

"대신, 수라천마 장후 역시 여기서 죽는다."

마인들 모두의 눈이 휘둥그레졌다.

수라천마 장후를 죽인다고?

그들의 반응이 마음에 드는지 회존의 미소가 짙어졌다.

"어때? 그 정도면 남는 장사이지 않은가?"

집마맹 마인 중 누군가 외치듯 물었다.

"그 장사, 피할 생각은 없습니다. 하지만, 어떻게 수라천마 장후를 죽일 수 있단 말입니까?"

회존이 기다렸다는 듯 말했다.

"우리가 잊고 있었던 이유 때문이지."

다른 마인이 물었다.

"그게 뭡니까?"

회존이 눈을 차갑게 빛냈다.

"그도 사람이라는 거."

그때, 몇 줄기의 빛살이 스며들어와 은성와 /안을/ 어지럽혔다. 바깥에서 보내온 급보를 신호화한 것이었다.

그 내용을 바로 읽어낼 수 있는 마인이 설명하듯 말했다.

"철옹벽이 뚫렸답니다. 수라천마 장후가, 주먹질 한 번으로 문을 부숴버렸다는 군요."

마인들의 시선이 일제히 회존을 향했다.

이리 묻는 듯했다.

이 소식을 듣고도 그가 사람인 것 같냐고.

회존이 어깨를 으쓱했다.

"어찌되었든 그도 사람이기는 해."

어쩐지 변명 같은 말이었다.

†

가끔 당연한 사실이 낯설게 느껴질 때가 있다.

회존의 말이 그랬다.

천마재생

수라천마 장후가 사람이다?

그래, 그도 사람이기는 했다.

두 발로 걷고 두 손으로 짚으며, 눈으로 보고, 귀로 듣고, 입으로 말하기는 하니까.

하지만 그렇다고 해서 그를 사람이라는 울타리 안에 넣을 수 있을까?

그가 그 눈과 코, 입으로, 그 손과 발로 못하는 게 없는 그를 어찌 사람이라 할 수 있을까.

회존이 강조하듯 말했다.

"그는 사람이야. 단지 조금 특별한 사람일 뿐이지."

조금 특별해?

어이없어하는 집마맹의 마인들을 둘러보며 회존이 말을 이었다.

"사람이기 때문에 찌르면 죽는다. 목을 자르면 죽어. 심장을 부수면 죽어. 그도 마찬가지야. 그도 죽는다. 찌르면 돼. 자르면 돼. 부수면 되는 거야. 그건 우리가 잘 하는 일이지 않나."

그의 곁에 서 있던 용존이 피식 웃었다.

"그렇기야 하지. 문제는 그가 우리보다 잘하니까 그렇지."

환존이 고개를 끄덕였다.

"그 누구보다도 잘하지요."

하지만 사존 만은 생각이 다른가 보다.

"잘 죽인다고 해서 죽지 않는 건 아니지."

집마십존 사이에는 서열이 존재하지는 않지만, 사존만은 조금 다른 대우를 받고 있었다.

그를 향한 집마맹주의 신뢰가 다른 집마십존들을 모두 합한 것보다 두텁기 때문이었다.

그렇기에 비공식적으로 집마십존 중 서열 일위가 바로 사존이라고 여겨졌다.

그러니 이렇게 사존이 회존을 두둔하고 나서자, 용존과 환존은 입을 다물 수밖에 없었다.

사존이 회존을 향해 말했다.

"맹주 대행께서 하시는 말씀, 지극히 옳습니다. 그렇지요. 그도 사람이지요. 사람이라면 누구나 죽을 수 있고, 죽일 수 있습니다. 하지만 그는 죽을 수는 있어도 죽일 수는 없다고 알려져 있으니, 이리 답답해하는 것 아니겠습니까? 맹주 대행께서 이리 말씀하시는 건 저희와는 달리 복안이 있으시기 때문인 듯하군요. 이 답답한 속을 풀어주시면 감사하겠습니다."

경어를 사용한다?

사존이 스스로 낮춤으로써, 지금 이 자리에 실권자가 회존이니 그를 집마맹주라고 여기며 따르라는 의미임이 분명했다.

천마재생

회존이 그런 사존을 바라보며 부드러운 미소를 지었다. 고맙기보다는 만만치 않다는 생각이 먼저 들었다.

사존의 말투와 태도는 회존에게 지위와 권력에 어울리는 자세로 임하라는 압박이기도 했으니까.

회존이 자리에서 일어나며 말했다.

"사람은 누구나 죽는다. 만고의 진리이지. 그것이 우리가 그를 상대로 이길 수 있는 유일한 전술이다. 가슴에 새겨라. 우리의 전쟁은 여기서부터 시작하는 거다."

갑자기 명령조의 어투를 사용하는 회존의 모습은 이제부터 맹주대행으로써의 본연의 임무에 최선을 다하겠다는 의지만 같았다.

"그를 무서워하는 건 좋아. 그를 두려워해도 돼. 하지만 그를 신성화하지 마라. 그를 달리보지 마라. 억지로라도 그를 사람이라고 여겨. 가족처럼 여겨봐. 친구처럼 여겨보라고. 그러면 보일 거야. 그가 어떤 사람인지를. 하지만 이제와 그럴 시간은 없겠지? 대신 오랜 시간 그를 연구한 내가 알려주지. 그가 어떤 사람인지를."

회존이 씩 웃었다.

"그는 마음이 약해."

집마맹의 마인들이 눈이 커졌다.

사존조차도 어이가 없다는 듯이 눈살을 찌푸렸다.

용존은 코웃음까지 쳤다.

"뭐가 약해?"

그 순간 빛이 현란하게 번뜩였다. 바깥에서 전해온 급보였다.

집마맹의 마인 중 하나가 외치듯 말했다.

"퇴로가 막혔습니다! 권황 철리패가 일단의 무리를 이끌고 퇴로를 장악했다고 합니다!"

회존이 코웃음 쳤다.

"그딴 잡스러운 건 무시해."

기가 막힌다.

권황 철리패가 잡스럽다니.

최근 집마십존 중 넷이 은밀히 나서서 급습을 가했지만, 어찌하지 못했던 고수 중의 고수가 바로 그였다.

어쩌면 수라천마 장후를 제외하면 현 천하의 제일고수라고 할 수 있을지 몰랐다.

회존이 말했다.

"곁가지에 흔들리지 마. 본질을 봐야지. 우리의 적은 수라천마 장후, 그 뿐이다. 그를 죽이는 게 전부야. 나머지는 무시해도 상관없어."

용존이 짜증난 목소리로 외쳤다.

"그러니까 어떻게 죽이겠다는 거요, 맹주대행!"

"그는 마음이 약해. 그렇기에 그는 모든 전쟁을 최단기간에 끝내려고 하지. 그가 벌인 싸움은 규모가 크고 작건

27

간에 하루를 넘긴 적이 별로 없어. 신화와도 같은 행적이
지. 그런데 생각해 본 적 있나? 그가 왜 굳이 모든 전투를
하루 만에 끝낼까? 자신의 능력을 과시하기 위해서? 적에
게 두려움과 공포를 심으려고? 다 맞지만, 틀리기도 해.
그럼 왜일까? 그가 마음이 약해기 때문이야. 당면한 싸움
을 신속하게 끝내서 희생을 최소한으로 줄이려는 거지."

환존은 실실 비웃은 듯 웃으며 말했다.

"허허허허헛. 그가 실은 협객이라는 듯이 말하는 군요."

회존이 단호히 고개를 저었다.

"모르겠어? 본질을 보라는 말이야, 본질을."

그 순간 사존의 목소리가 울렸다.

"그는 영웅이라는 거구료."

회존이 휙 고개를 돌려 그를 바라보더니 빙긋 웃었다.

"바로 그것이지요."

†

한 사내가 있다.

가진 건 칼 한 자루와 몸뚱이 뿐이다.

황량한 세상에 기댈 곳은 없다.

그저 복수를 맹세한 적이 있을 뿐이다.

사내의 적은 세상 그 자체라고 할 수 있을 만큼 거대하

며, 악랄하다.

당신이 그 사내라면 어찌할까?

'포기하겠지.'

그저 숨을 것이다.

술과 한숨으로 나날을 보내며, 세상을 저주하며 떠돌 것이다.

그러다 안정을 찾고, 행복을 꿈꾸겠지.

하지만 그는 그러지 않았다.

싸우고, 싸우고, 싸웠다.

이기고, 이기고, 이겼다.

그리고 결국 복수를 이루어 냈다.

그리고 사라졌다.

복수를 이룬 순간, 그는 적이 가졌던 모든 것을 차지할 수 있었다.

존재하는 모든 건 그의 것이 될 수 있었다.

그런데 그 모든 보상을 뒤로 한 채, 사라져 버렸다.

누군가 이 사내의 이야기를 듣고 나면 이리 말할 것이다.

꾸며낸 신화일 거라고.

이 사내가 실존하는 인물이라고 말하면, 이리 대답할 것이다.

대체 그 영웅이 누구냐고?

천마재생

"수라천마 장후."

그렇다.

그는 영웅이다.

몇 가지 사실 만을 떼어놓고 본다면, 그는 영웅이라고 불러 마땅하다.

하지만 그 누구도 그리 말하지는 않는다. 오히려 버럭 소리를 지르며 말이 되냐고 윽박을 지를 뿐이다.

어째서일까?

회존은 설명했다.

"그가 그걸 원했으니까. 그가 과거 집마맹을 상대로 벌인 전쟁은 분명 잔혹했어. 하지만 냉정한 결단이었고, 필요한 희생이었지. 그의 행적은 말 그대로 영웅적이었어. 그런데 왜 그를 두려워할까? 그를 칭송하지 않고, 오히려 욕하고 저주할까? 변명하지 않기 때문이야. 인정하기 때문이야. 그럴 시간조차 아끼며 집마맹을 공략해 나갔기 때문이야. 자신에게 쏟아지는 질책과 원망을 오히려 나아갈 수 있는 원동력으로 삼았기 때문이야. 그렇기에 그는 팔년 만에 집마맹을 무너트릴 수 있었어."

그의 두 눈은 동경과 경의라는 감정을 담아 빛났다.

그의 목소리는 찬송의 노래를 부르는 것처럼 크고 뜨거웠다.

그렇기에 묘한 설득력이 있었다.

하지만 사존이 담담한 목소리에 모두는 머리가 깨이는 듯한 기분을 느꼈다.

"그래서 그게 어쨌단 말이오?"

맞는 말이었다.

그래서 그게 어쨌단 말인가?

회존은 흥분된 신색을 가라앉히며 말했다.

"그는 마음이 여린 사람이며, 영웅이다. 그 전제를 깔면, 그를 죽일 수 있는 방법이 보인다는 거요. 우리는 그를 우리와 같은 범주에 놓고 판단했소. 그가 우리처럼 생각하고, 우리처럼 행동하며, 우리처럼 결정한다고 여기며 싸워왔소. 하지만 그 반대라는 거요. 우리는 그의 행동을 예측할 수 있소."

용존이 답답한 심정을 참지 못하고 외쳤다.

"그러니까 뭘 어떻게 한다는 거요!"

"그는 가장 위험한 곳을 가장 빨리 찾아오는 사람이라는 거지. 그는 타인의 희생시키기 전에 스스로를 먼저 던지는 인물이라는 거야."

환존이 말했다.

"그러니까 뭐 어쩌면 된다는 거요?"

"그는 무슨 일이 있어도 우리를 찾아올 거라는 거야. 그러니 도망칠 필요도 없고, 맞서 싸울 필요도 없어. 그저 이곳에 기다리며 그를 맞이하면 된다는 거야."

사존 만은 알아들었는지 속삭이듯 물었다.

"함정인 줄 알면서도 이곳에 올 것이다, 이거요?"

회존이 크게 고개를 끄덕였다.

"그렇소. 그는 그런 사람입니다. 우리는 그저 이곳에서 그를 함정에 빠트리면 되는 거요. 우리가 할 일은 그의 능력과 예측을 벗어난 함정을 파고 기다리는 것뿐이오."

"단순한 듯하지만, 복잡하구료."

"복잡한 듯하지만, 단순하지요."

사존이 눈을 빛냈다.

"이곳에 그를 죽일 수 있는 함정을 설치해 두셨다?"

회존이 크게 고개를 끄덕였다.

"그거요. 맹주님과 저는 삼년 전, 바로 오늘과 같은 순간이 찾아올 것을 짐작했습니다. 그리고 이 순간 바로 수라천마 장후를 죽일 수 있는 유일한 기회일지도 모른다고 판단했지요. 그래서 바로 이곳 이 자리를 수라천마의 무덤이 되도록 준비를 해왔지요."

"그게 뭐요?"

"파멸시(破滅矢)."

"파멸시?"

회존은 고개를 끄덕였다.

"그래요, 파멸시! 그것이 바로 수라천마 장후를 죽일 무

기요! 아무리 수라천마 장후라고 하여도 파멸시를 피할 수
는 없을 거요!"

그때였다.

빛이 번쩍인다.

급보가 도착한 모양이었다.

집마맹의 마인 중 하나가 외쳐 말했다.

"사, 삼벽이 무너졌다는 신호입니다."

"삼벽이 벌써?"

"삼벽이?"

모두의 시선이 회존을 향했다.

이 보고를 듣고도 수라천마 장후를 죽일 수 있다고 확신
하느냐는 질문을 담겨져 있었다.

회존은 모두를 향해 말했다.

"그가 이 자리에 온다면, 확실해. 나를 믿을 수 없다면
맹주님을 믿어라. 맹주님께서도 확신하셨으니."

†

부서진 세 번째 벽 사이로 불길을 가르며 검은 인영이
모습을 드러낸다.

그를 둘러싼 불꽃은 마치 휘장처럼 나풀거렸고, 검은 연
기는 군세처럼 그 뒤를 뒤따랐다.

주변으로는 삼벽을 지키던 성하맹의 정예 수십 명이 피를 흘리며 쓰러져 있었다.

살아남은 정예들은 비틀거리며 불꽃에 휩싸인 사내가 걸음에 맞춰 뒤로 물러났다.

정예중 한 명이 떨리는 목소리로 속삭인다.

"저, 저게 어떻게 사람이야."

불꽃은 점차 가라앉았고, 그 안에 숨겨져 있던 사내, 남장후의 모습이 드러났다.

남장후의 의복은 뜯어지거나 찢겨져 있었다. 그 사이로 보이는 피부는 드문드문 갈라져 핏물을 흘러나오고 있었다.

대부분이 가벼운 상처였지만, 그를 지켜보는 성하맹의 무인들에게는 신기할 뿐이었다.

남장후가 상처를 입고 피를 흘리는, 자신들과 다름없는 사람이라는 사실을 증명하는 듯하기 때문이었다.

하지만 속아서는 안 되었다.

고작 저 정도의 상처를 남기기 위해 수백에 이르는 성하맹의 정예가 희생되었으니까.

그런데 남장후의 팔에 한 사내가 머리통을 붙잡혀 있었다. 사내는 물먹은 천처럼 축 늘어져 있었고, 남장후는 그런 사내를 질질 끌며 앞으로만 걸어 나갔다.

성하맹의 무인 중 누군가 짜내는 듯한 목소리로 중얼거렸다.

"맹주님."

남장후에게 잡혀 있는 사내가 바로 성하맹의 맹주인 철혈호도 길우량이었다.

철혈의 무인이라는 명성답지 않게 그는 반항조차 하지 않았다.

정신을 잃은 걸까?

아니면, 죽은 걸까?

아니었다.

그의 입은 쉴 새 없이 벌어지고 있으니까.

그는 자신 만이 아는 비밀을 계속 떠들어대고 있었다.

"……그래서 저희 성하맹은 집마맹의 하위조직이 될 수 있었습니다. 그 비밀을 아는 이들은 저를 포함하여 총 백팔십이 명으로……. 저는 그들 전부의 이름을 기억하지는 못합니다."

다물려 있던 남장후의 입이 열렸다.

"기억해야 할 것이다. 기억나도록 해줄 수도 있지만, 그건 좀 괴로울 테니까."

그 순간 길우량은 잉어처럼 퍼덕거렸다.

"그, 그만! 기, 기억이 납니다! 기억이 나요! 내총관 장우청, 호법 이맹보……."

남장후는 그저 앞으로만 나아갔다. 그가 한 걸음 내딛을 때마다 길우량의 입에서는 한 사람의 이름이 흘러나왔다.

천마재생

때문에 공격도 그렇다고 방어도 하지 못한 채, 그저 남장후의 주변에 머물며 남장후의 보폭에 맞춰 움직이는 성하맹의 정예들은 길우량의 말을 모두 들을 수가 있었다.

남장후가 무슨 짓을 한 건지, 길우량의 목소리는 주변 수십 장 안에 위치한 사람이라면 누구라도 들을 수가 있었다.

성하맹이 집마맹의 하위세력이었다고?

믿을 수가 없다.

하지만 그저 살아남기 위해 하는 거짓말이라고 해도, 성하맹의 맹주인 길우량은 저래서는 안 되었다.

패배였다.

성하맹은 진거다.

단 한 사람에 의해, 무너진 거다.

어느 순간부터 성하맹의 정예무인들의 고개와 손에 든 병장기가 툭 떨어졌다.

하지만 길우량에게는 수하들의 모습이 보이지 않는지, 계속 누군가의 이름을 떠들어 댔다.

결국 백팔십일 명의 이름을 모두 뱉어냈고, 그제야 안심이 된다는 듯 길우량은 비굴한 눈빛으로 남장후를 올려다보며 말했다.

"이제 약속대로 놓아주십시오."

남장후가 말했다.

"그래. 약속대로 던져주지."

"네? 던져……?"

남장후는 길우량을 번쩍 집어 들더니, 돌멩이처럼 앞으로 던졌다.

쇄애애애애애애애액!

길우량이 제이벽의 성문을 향해 날아간다.

콰아앙.

성문은 충격으로 인해 움푹 파였고, 그 표면에 들러붙었던 조금 전까지 길우량이라는 사람이었던 살덩이는 미끄러지듯 흘러내렸다.

남장후가 걸음을 멈추더니, 주변에 있는 성하맹의 정예 무인들을 향해 말했다.

"너희가 저 녀석의 말을 믿던 말든 관심 없다. 다만, 한 가지만 묻지. 나와 싸울 건가?"

성하맹의 무인 중 그 누구도 대답치 않았다.

다만 그들은 슬며시 뒤로 물러날 뿐이었다.

남장후는 다시 고개를 돌리고, 멈췄던 걸음을 이어갔다.

그러며 홀가분하다는 듯 조금 가벼워진 목소리로 속삭였다.

"난 마음이 약해서 탈이야."

천마재생

누군가 들었다면 이리 외칠 것이다.
그건 당신이 할 말이 아니라고…….

NEO ORIENTAL FANTASY STORY

第八十二章.

조금 알려주지

第八十二章.
조금 알려주지

　지난 삼년.

　강호무림의 중심은 누가 뭐라고 해도 성하맹이었다.

　모두가 성하맹을 이야기 했고, 그들이 어디까지 해낼 수 있는지를 궁금해했다.

　그건 마치 잔치와 같았다.

　그래.

　지난 삼년동안 강호무림은 성하맹이라는 이름의 화려한 잔치를 벌인 것이다.

　잔치는 끝나는 순간이 오고, 모여든 손님은 아쉬움을 삼키며 떠난다.

　오늘이 바로 잔치가 끝나는 날인가보다.

천마재생

"잔치의 마지막 날은 그 어느 때보다 화려하지."

붉게 물들어 타오르는 성하맹을 멀리서 바라보는 일단의 무리중 누군가 그렇게 말했다.

그의 표현대로 화려하다면 화려하다고 할 수 있었다.

그 안에서 죽어가는 이들의 비명이 들리지 않고, 타올라 사라져가는 건물들이 보이지 않는 거리이기 때문일 것이다.

"아름답구나. 그래. 사라져가는 건, 언제나 아름다워."

그렇게 말하는 사내의 용모는 특이했다.

얼굴빛이 은색에 가까웠다. 은으로 만든 가면을 쓰고 있는가 싶지만, 자세히 살피면 아무것도 착용한 것 같지 않았다.

드러난 손목 아래 역시도 얼굴처럼 은색에 가까웠다. 마치 은을 녹여 얇게 도금한 듯해 보이기까지 했다.

덕분에 사내의 모습은 신비롭고도 섬뜩한 양면적인 느낌을 자아냈다.

옆에 호위하듯 오른 쪽에 서 있는 노인이 은색의 사내를 향해 물었다.

"아깝지 않으십니까?"

그러자 은색의 사내가 피식 웃었다.

"아까울 게 뭐가 있나. 저쯤이야 다시 만들면 되지."

그다운 배포였다.

그리고 그라면 충분히 그럴 수 있는 능력이 있었다.

이 사내가 바로 부활한 집마맹의 절대권력자인 집마맹
주이기에.

은색의 사내, 집마맹주가 말했다.

"그래. 어떻게 되어가고 있지?"

그러자 왼쪽에 서 있는 사내가 대답했다.

"보시는 대로랍니다. 신나게 때려 부수고 있다는 군요.
벌써 삼벽을 돌파하고 이벽에 접근중입니다."

그러자 집마맹주는 흡족하다는 듯이 환하게 웃었다.

"그래? 그도 나처럼 즐기나 보군."

그러자 오른 쪽에 선 노인이 흘흘 웃으며 말했다.

"우리도 즐겨야 할 텐데 말입니다."

집마맹주가 단언하듯 말했다.

"즐길 거야. 아침 해가 밝으면 그의 시체 위에서 잔치를
시작하게 될 것이다."

왼쪽의 사내가 퉁명스레 말했다.

"그래도 성하맹 자체를 그를 잡을 함정으로 던진 건 좀
과한 게 아니었나 싶습니다."

집마맹주가 고개를 저었다.

"아니. 이 정도 쯤은 되어야 그를 끌어낼 수 있을 테니
까. 수라천마 장후는 도전자야. 그는 가진 것에 만족하지
않아. 언제, 어떤 방식으로든 쳐들어오지. 우리는 당할 수
밖에 없어. 언제, 어떻게 들어올지 알지를 못하니까. 그러

천
마
재
생

니 성하맹 쯤 되는 먹잇감을 던져야 그가 언제, 어떻게 나타날지를 알 수 있지."

집마맹주는 한숨을 내쉬었다.

"솔직히 나라고 아깝지 않겠나. 그래도 어쩌겠어? 수라천마 장후를 죽일 수 있다면, 너희의 목숨이라도 던질 게야."

순간 노인과 사내가 움찔했다.

실제로 그럴 수 있다는 걸 알기 때문이고, 어쩌면 집마맹주가 자신들을 대동하고 온 건 그러기 위함인지도 모른다는 생각이 들었기 때문이었다.

노인은 화제를 바꾸기 위해 물었다.

"회존이 잘 해낼까요?"

집마맹주는 고개를 끄덕였다.

"잘 하겠지. 그 녀석은 수라천마를 존경해. 거참, 나를 그리 여겼다면 저렇게 버리지는 않았을 텐데 말이야. 하여간 놈은 수라천마를 아주 잘 알아. 그를 죽이기 위해 살아왔다고 할 정도이지. 하지만 부족해. 그는 수라천마를 잘 알지만, 수라천마는 자기 자신을 더 잘 알거든. 물론 상당한 피해를 입힐 거야. 하지만 죽이지는 못할 걸. 파멸시가 대단하기는 하지만, 수라천마 장후의 숨통을 가를 만큼 예리하지는 않지. 그래서 내가 이곳에 온 게지."

잠시 입을 다물었던 집마맹주가 어색한 미소를 지으며 고백한다는 듯 말했다.

"그리고 사실 수라천마의 숨통은 내가 가르고 싶기도 하고. 무림사에 길게 남을 일이잖아."

왼쪽의 사내가 퉁명스레 말했다.

"곧 무림황제가 되실 분이 욕심도 많으십니다."

"그건 그거고, 이건 이거지. 그나저나 이벽까지 뚫렸다고?"

"네."

"그럼 좀 서둘러야겠군. 그 양반, 참 빠르기도 하구나. 뭘 그리 빨리 죽고 싶은지 모르겠어. 좀 더 즐기시지. 생에 마지막 여흥일 텐데 말이야. 쯧쯔쯔."

그러며 집마맹주는 불타오르는 성하맹을 향해 걸음을 옮겼다.

그의 오른편에 선 노인과 왼편의 선 사내는 그림자처럼 그의 뒤를 따라 걸었다.

집마맹주가 황홀하다는 듯 속삭였다.

"수라천마시여. 내가 도착할 때까지 많이 즐기시오. 당신을 위한 잔치였으니."

†

콰콰콰콰쾅!

이벽의 대문이 무너져 내린다.

일어난 흙먼지는 광풍처럼 사방을 휩쓸었다.

그 사이로 한 사내가 모습을 드러낸다.

남장후였다.

동시에 흙먼지를 가르며 수십 개의 화살이 그를 향해 쏟아졌다.

남장후는 그럴 줄 알았다는 듯, 그 사이를 가볍게 거닐며 피했다. 뒤이어 팔뚝 두께만한 쇠뇌 십여 개가 남장후를 노리고 뻗어 나왔다.

남장후는 이번에도 그럴 줄 알았다는 듯 가볍게 손을 휘저어 튕겨내며 걸음을 옮겼다.

그 순간 남장후가 디딘 바닥이 푹 하고 파이더니, 그 안에서 수백 개의 송곳이 튀어 올랐다.

남장후는 가볍게 몸을 휘돌렸고, 그를 향해 솟구쳤던 송곳은 모조리 튕겨 나가 사방으로 흩어졌다.

그 사이 주변을 회색으로 물들였던 흙먼지는 모두 가라앉았다.

더 이상의 공격이 없자 남장후는 주변을 찬찬히 쓸어보았다.

어둠 속 별처럼 눈동자가 가득하다.

숫자가 족히 삼백은 넘을 듯했다.

남장후는 빙긋 웃었다.

"쥐새끼들. 여기 모여 있었네?"

그러자, 어디선가 목소리가 튀어 나왔다.

"고양이를 기다리고 있었지요."

남장후의 눈매가 얇아졌다.

"네 놈이로구나."

두 개의 눈동자가 점점 커졌고, 결국 용모를 드러낼 거리만큼 다가왔다.

회존이었다.

회존은 정중히 포권을 취하며 말했다.

"집마맹의 회존이 수라천마 장후 선배를 뵙습니다."

"집마맹 답지 않게 예의가 바르구나. 가장 나중에 죽여주마."

"굳이 그럴 필요 없을 겁니다. 어차피 제가 가장 나중에 죽을 테니까요."

"역시 집마맹답게 건방지구나."

"건방진 게 아닙니다. 보면 아시게 될 겁니다."

휘이이이이이이이이잉.

멀리 보이는 마지막 벽, 은성와가 별처럼 빛을 발하기 시작했다.

그리고 쩍쩍 갈라지더니, 어떤 것은 솟구치고 어떤 것은 땅을 향해 파고들었다.

남장후가 물었다.

"뭐지?"

회존이 기다렸다는 듯 답했다.

"당신을 죽일 함정입니다."

"솔직하군."

회존이 어깨를 으쓱했다.

"솔직하지 않을 이유가 없으니까요."

남장후의 입매가 길게 늘어났다.

"너, 날 잘 아는구나."

그 순간 회존의 눈이 크게 벌어졌다. 얼굴은 부끄럼타는
아이처럼 붉게 물들었다.

"그럼요. 잘 알다마다요. 당신께서는 모릅니다. 지금 내
가 얼마나 행복한지를. 당신과 마주보며 이야기를 나눌 수
잇다니. 꿈을 꾸는 것 같습니다."

남장후가 피식 웃었다.

"꿈치고는 요란하지?"

"아니요. 제 꿈속에 당신은 이보다 더욱 요란했지요."

"좋아. 더욱 요란하게 만들어주지. 다만, 앞으로 꿈같은
건 꿀 수 없을 거야."

회존이 빙긋 웃었다.

"좋습니다. 대신 당신께서도 더는 요란할 수 없을 겁니
다."

남장후가 뭐라 말하려다 말고, 지금 이 순간에도 갈라지
고 나뉘며 괴상하게 변해가고 있는 은성와를 곁눈질했다.

그러자 회존이 설명하듯 말했다.

"저건 파멸시라고 합니다. 대수로운 건 아닙니다. 화포 같은 거지요. 맞으면 당신이라고 죽습니다."

"안 맞으면?"

"안 죽겠지요."

"그럼 안 맞으면 되겠네."

"그러시면 됩니다. 다만, 어차피 맞지도 않을 겁니다. 당신을 겨냥하는 게 아니니까요. 바로 이 땅의 밑, 삼백여 장 밑에 있는 수맥을 겨냥하고 있습니다. 그걸 터트리려는 거지요."

남장후의 눈매가 얇아졌다.

"그래서?"

"그러면 다 죽을 겁니다. 여기 성하맹이 아니라, 이 도시 강중 자체가 무너지겠지요. 족히 수만 정도는 죽을 겁니다. 아, 물론 당신께서는 살겠죠."

그러며 회존은 씩 웃었다.

남장후가 살짝 눈매를 좁히며 물었다.

"그게 나랑 무슨 상관이지?"

"상관있지요. 제가 아는 당신은 그렇습니다."

"나를 그렇게 잘 알아?"

"잘 알지요."

잠시 침묵이 흘렀다.

결국 남장후가 어쩔 수 없다는 듯 가벼운 한숨처럼 말했다.

"잘 아네."

"그렇죠?"

남장후가 회존에게서 시선을 떼고 파멸시로 변해가고 있는 은성와를 바라보았다.

"어떻게 멈추지?"

"못 멈춥니다."

"부수면?"

"파멸시는 일종의 신호탄에 불과합니다. 수맥까지 일정한 간격을 두고 매설된 화탄을 일시에 폭파시키는 신호랄까요? 부수면 더 빨리 발포되도록 설계되어 있습니다. 그러니 어설프게 부쉈다가는 강중이 더 빨리 무너지겠지요."

"해체하면?"

"기관지학의 대가라는 사람 백 명 정도가 사흘 정도 달라붙으면 해체가 가능할 겁니다."

"몸으로 막으면?"

"가능합니다. 파멸시를 발포하는 순간, 그때가 유일한 기회기는 하지요. 하지만 그 힘은 사람이 막을 수 있는 힘이 아니지요."

"그게 나라면?"

"목숨을 건다면 모를까, 쉽지 않을 겁니다."

남장후가 그제야 알겠다는 듯 살짝 고개를 끄덕였다.

"내 목숨을 걸어라?"

"걸겠습니까? 이 강중에 살아가는 수만 명의 목숨을 위해?"

"너라면 그럴 것 같아?"

회존이 고개를 절레절레 저었다.

"저라면 안 그러죠. 하지만 당신이라면?"

남장후가 빙긋 웃었다.

"나를 잘 아네."

"그렇죠? 자, 가시죠. 제가 안내해 드리겠습니다."

그러며 정중히 몸을 숙이며, 앞으로 가리켰다.

남장후가 말했다.

"살고는 싶다?"

"살고야 싶지요. 죽고 싶은 사람이 어디 있겠습니까? 파멸시를 막을 때까지, 우리와 당신은 적이 아닙니다. 당신께서 파멸시를 막아낸다면, 그 후에 다시 싸우면 되지요."

남장후가 빙긋 웃었다.

"재미난 함정이네. 머리 좋아."

"정말 머리가 좋으면 이런 수작을 부리지는 않지요. 파멸시는 당신이라고 해도 못 막거든요. 우린 다 죽을 겁니다. 다 죽어요."

그러며 과장되게 부르르 몸을 떨었다.

그의 모습에 남장후는 재미나다는 듯 미소 지었지만, 오히려 집마맹의 마인들은 이를 갈았다.

남장후가 말했다.

"나를 잘 알지만, 다 알지는 못하는 군. 조금 알려주지."

그런 후, 몸을 틀어 파멸시로 변해가고 있는 은성와를 향해 걸음을 옮겼다.

회존은 감동적이라는 듯이 당장이라도 울 것 같은 얼굴로 그의 등을 바라보았다.

그러더니, 획 고개를 돌려 멀리 서 있는 사존과 용존, 환존 쪽을 향해 외치듯 말했다.

"보셨지요? 정말 멋지지 않습니까?"

사존은 무시했고, 용존과 환존은 당장이라도 뜯어 먹을 것처럼 노려볼 뿐이었다.

회존은 그들의 반응이 만족스러운지 빙긋 웃었다.

"왜요? 즐깁시다, 우리. 네? 화려한 잔치 아닙니까?"

용존이 한마디를 툭 뱉었다.

"미친 놈."

회존의 미소가 짙어졌다.

"나를 잘 아시네."

그러더니, 획 몸을 돌려 남장후를 쫓아 나아갔다.

사람은 꿈을 꾼다.

삶이란 유한하다는 걸 알지만, 무한함의 가능성은 품고 있다고 믿는다.

그렇기에 살아갈 수 있다.

그 많은 꿈들은 물거품만 같아 스치는 가벼운 바람에도 날아가 소리 없이 사라져 버리지만, 간혹 이따금 과실을 잉태되고는 한다.

그건 지켜보는 누군가에게 나도 저리 될 수 있다는 희망이 된다.

하지만 반대로 절망이 되기도 한다.

누군가의 꿈이란 수많은 이들의 희생을 전제로 삼아야만 이루어질 수 있기도 하니까.

사람이란 이토록 이기적이다.

끼르르륵.

끼르르륵.

기묘한 소리를 내며 은성와는 계속 변해가고 있었다.

천정 중앙부에 위치한 사람 하나가 겨우 빠져 나올만한 구멍만이 제 위치를 유지하고 있을 뿐이었다.

그 구멍이 바로 파멸시를 튀어나올 포문의 역할을 하는 듯 했다.

천마
재생

포문으로부터 일직선 상 땅바닥 위에는 본래 은성와의 중심부에 위치해 있던 집마맹주를 위한 호화로운 의자가 그대로 놓여 있었다.

남장후는 파멸시로 변해가고 있는 은성와의 구조와 형태를 찬찬히 살펴보았다. 그의 눈빛이 무겁게 가라앉고 있었다.

어느새 다가온 회존이 말했다.

"진주해문의 모든 문도가 달라붙어도 해체할 수 없을 겁니다."

남장후는 가볍게 고개를 끄덕여 수긍했다.

"그렇군. 네 말마따나 발포하는 순간 외에는 기회가 없군. 아주 잘 만들었어."

그러자 회존은 칭찬을 받은 아이처럼 환한 미소를 머금었다.

"감사합니다. 사실 저도 이렇게 잘 될 줄은 몰랐습니다."

남장후가 턱 끝으로 포문 바로 아래쪽에 놓여있는 호화로운 의자를 가리켰다.

"저건 뭐지?"

회존이 배시시 웃었다.

"당신을 위해 준비해놓은 의자입니다. 당신의 최후에 어울릴 수 있도록 화려하고 아늑하게 꾸며 놓았습니다. 마음에 드십니까?"

어느새 다가와 주변에 모여선 집마맹의 마인들은 고개를 갸웃거렸다.

저 의자는 본래 집마맹주를 위한 보좌라고 알려져 있었다.

그런데 아니었나?

회존이 집마맹의 마인들을 둘러보며 그들이 들으라는 듯 말했다.

"저 의자의 주인이 될 자격을 갖춘 분은 이 세상에 오직 당신 밖에 없지요."

그 순간 집마맹의 마인 모두가 꿈틀거렸다.

분명 저 의자에 앉는 사람이 이 성하맹, 아니 이곳 강중의 사람 중에서 가장 먼저 죽는다.

달리 말하면, 이 강중이라는 거대한 도시에서 가장 확실한 무덤이라고 할 수 있었다.

그러니 의자가 아무리 화려하고 아늑하다고 하더라도, 제가 앉겠다며 자처하고 나설 사람은 없었다.

하지만 회존의 말은 요상했다.

수라천마 장후를 유도하는 것이 아니라, 집마맹주를 폄하하는 발언으로 들렸기 때문이었다.

남장후가 고개를 돌려 회존을 돌아보며 살짝 웃었다.

"마음에 드는구나."

회존은 크게 고개를 숙였다.

55

"감사합니다!"

그러며 감격했다는 듯이 당장 눈물이라도 흘릴 것처럼 울먹였다.

남장후는 의자를 향해 걸어가다가 갑자기 주먹을 내질렀다.

콰아아아앙!

꿍음과 함께 사람 두엇 정도의 크기인 은성와의 조각이 무너져 내렸다.

그 사이로 십여 개의 보석이 떨어져 내린다.

남장후가 손을 가볍게 휘젓자, 보석은 방향을 바꾸어 집마맹의 마인들을 향해 화살처럼 날아갔다.

보석은 날아가며 녹아내리더니, 이내 새하얀 안개처럼 돌변했다.

안개는 집마맹의 마인들 중 일부를 휘감았고, 새하얀 빛살을 뿜었다.

빛은 금세 사라져 버렸고, 남겨진 광경은 모두를 경악케 했다.

안개에 휘말려 있던 집마맹의 마인 수십 명이 보이지 않았다.

본래 없었던 사람이라는 듯 했다.

대체 뭐가 어떻게 된 걸까?

회존이 남장후를 바라보며 말했다.

"역시 대단하십니다. 딱 그 부분이 마무리 되지 않았는데, 바로 알아보시는 군요."

남장후가 대수롭지 않다는 듯 말했다.

"알아볼만 하니까. 그런데 저건 모르겠군. 처음 보는 건데 뭐지?"

"파멸빙루(破滅氷淚)라고 하는 겁니다. 괜찮죠? 저 정도 위력이면 당신을 죽일 수 있을만하다고 자신할 수 있지 않겠습니까?"

"그럴까?"

남장후는 그렇게 속삭인 후, 천천히 걸어가 자신을 위해 준비했다는 의자에 앉았다.

그러며 지그시 눈을 감고 중얼거렸다.

"편하군."

회존이 다가와 말했다.

"편할 겁니다. 주무셔도 됩니다. 꿈을 꾸다가 돌아가실 수 있을 거예요."

남장후가 코웃음 쳤다.

"꿈같은 것 꿔본 적이 없어."

"그러십니까? 하기야 당신은 꿈을 꾸기보다는 꿈같은 현실을 만들어 내온 사람이니, 그럴 지도 모르겠군요."

"꿈같은 현실은 없어. 현실이란 언제나 당연한 것들뿐이지."

그러며 남장후는 고개를 들어올려, 자신의 정수리를 노리듯 배치된 파멸시의 포문을 바라보았다.

새카맣기만 하던 포문의 안쪽에 반짝이고 있었다.

그 안쪽 어딘가에서 파멸빙루라는 보석의 형태를 한 포탄이 뭉치고 있는 모양이었다.

회존도 남장후를 따라 고개를 위로 들어 포문을 바라보았다. 포문의 안쪽에서 흘러나오는 새하얀 빛살이 황홀하다는 듯이 물먹은 시선으로 말했다.

"이제 채 일각도 안 남았군요."

남장후는 속삭였다.

"도망칠까?"

회존이 휙 고개를 내리더니 놀랍다는 듯 남장후를 돌아보았다.

남장후가 그를 향해 말했다.

"왜? 그러면 안 되나?"

"당신이라면 그럴 리 없지요."

"그런가? 내게 한 번 물어보지."

그러며 남장후는 지그시 눈을 감았다. 잠시후 슬며시 눈을 뜨며 말했다.

"네가 옳아. 나라면 도망치지 않는다는 군."

"재미나군요. 당신께서는 당신께 또 뭐라고 하십니까?"

"나라면 저걸 막을 수 있다는 군."

그러며 남장후는 고개를 틀어 용존과 환존, 그리고 사존이 있는 방향으로 쏘아보았다.

　"너희가 돕는다면 말이야."

　순간 용존과 환존, 사존은 꿈틀거렸다.

　남장후가 물었다.

　"어때? 조금 도와줄 텐가?"

　용존과 환존은 갈등이 되는지, 눈동자가 파르르 떨렸다. 반면 사존의 표정은 그저 담담하기만 했다.

　남장후가 물었다.

　"너희는 살고 싶지 않은가?"

　용존과 환존은 그저 이를 악물었다.

　대신 사존이 입을 열었다.

　"살만큼 살았습니다."

　남장후가 피식 웃었다.

　"솔직하지 못하네."

　사존이 훗 하고 웃었다.

　"이 나이가 되니 솔직하기가 쉽지 않습니다. 그래요. 죽음이 두렵지는 않습니다. 하나 강중의 주민 수만 명을 죽이는 건 두렵습니다."

　"살릴 수 있다. 나를 돕는다면?"

　"그러면 당신도 살겠지요?"

　"그렇겠지."

"그렇다면 돕지 못하겠습니다. 강중의 주민 수만을 죽이는 건 두렵지만, 당신을 살린다는 건 그보다 두려우니까요."

남장후가 가만히 그를 노려보다가 빙긋 웃었다.

"내가 그 정도로 무서울지는 몰랐네. 내가 좀 거칠게 살았나봐."

"조금 거친 게 아니셨지요."

남장후의 시선이 용존과 환존 쪽으로 돌아갔다.

"너희도 같은 생각인가?"

용존과 환존은 침만 꿀꺽 삼켰다.

그때 회존이 말했다.

"이제 발포까지 반각 남았습니다."

남장후가 턱 끝으로 회존을 가리키며 말했다.

"들었지? 반각 남았다지 않나. 반각 후면 너희는 죽어. 괜찮겠어?"

용존과 환존은 부르르 떨었다.

그들의 눈동자가 회존의 소매 쪽을 향한다.

남장후가 말했다.

"그래, 살자."

휙.

남장후가 사라졌고, 동시에 회존이 피를 흘리며 튕겨 나갔다.

회존이 서 있던 자리에 나타난 남장후의 손에는 구슬 하나가 들려 있었다.

용존과 환존의 명줄이라고 할 수 있는 지옥마고가 담긴 구슬이었다.

"됐지?"

그 순간 용존과 환존이 사존을 향해 손발을 뻗었다.

쇄애애애애애애액!

용존의 주먹에서 용의 형상을 한 강기가 사존을 향해 뻗어 나갔다.

용존의 독문무공인 마룡포효(魔龍咆哮)였다.

화르르르르르!

환존의 손바닥에서는 나비의 형태를 한 강환이 십여 개가 쏟아져 나와, 사존을 향해 날았다.

환존의 독문무공인 멸화환접(滅華幻蝶)이었다.

사존은 당황치 않고 빠르게 몸을 휘돌렸다.

검은 강기가 튀어나와 나선의 형태로 휘돌았다.

콰콰콰콰콰콰쾅!

용존의 마룡포효와 환존의 멸화환접은 나선형의 검은 강기를 뚫지 못하고 튕겨 나왔다.

집마십존 중에서 서열 일위라고 일컬어지는 사존다운 신위였다.

그 순간 남장후의 모습이 사라졌고, 동시에 사존의 앞에 나타났다.

콰아아아아아아앙!

사존을 휘감았던 검은 강기가 산산이 부서졌고, 동시에 사존이 화살처럼 튕겨져 나갔다.

"으으으으."

날아가 땅바닥에 박힌 사존은 죽지는 않았지만, 바로 일어날 수는 없는지 꿈틀거렸다.

회존 역시도 마찬가지였다.

집마맹의 마인들은 돌아가는 상황을 어떻게 판단해야 할지를 몰라 주저주저할 뿐이었다.

남장후가 휙 몸을 돌리더니, 환존을 향해 지옥마고가 담긴 구슬을 던졌다.

"자, 계약금이다."

환존은 두 손으로 받아들고, 침을 꿀꺽 삼켰다.

"중도금을 받으려면 이리 와라."

그러며 남장후는 파멸시의 포문 쪽으로 걸어갔다.

용존과 환존은 빠르게 그의 뒤를 따랐다.

그 순간 회존이 외쳤다.

"뭣들 하느냐! 배신자들을 막아!"

사존이 거의 동시에 외쳤다.

"용존과 환존이 맹을 배신했다! 공격하라!"

그들의 외침에 집마맹의 마인들은 어찌할 줄을 몰라, 움찔거리기만 했다. 하지만 아무도 나서지는 않았다.

그 사이 남장후는 의자에 앉았고, 그 옆으로 용존과 환존이 섰다.

용존이 물었다.

"뭘 어쩌면 되오?"

환존이 말했다.

"정말 살 수 있습니까?"

남장후가 고개를 끄덕였다.

"내가 나한테 그러네. 너희가 돕는다면 살 수 있다고."

그러며 남장후는 손가락으로 포문의 왼쪽과 오른쪽을 가리켰다.

그러자 포문의 틀에 자그마한 점이 찍혔다.

"발포되는 순간 전력을 다해, 저 두 점을 향해 강기를 뿜어. 응집된 파멸시의 위력을 갈라내 삼분지 이로 줄일 수 있다."

용존은 물었다.

"정말이오?"

남장후가 짜증난다는 듯 눈살을 찌푸렸다.

"아니면, 어쩔 건데?"

용존은 입을 다물었고, 남장후는 바로 고개를 위로 들어 올렸다.

포문 안쪽은 어느새 빛으로 가득 차 있었다.

천마재생

이제 곧 발포를 할 모양이었다.

남장후가 숨을 고르더니, 두 주먹을 굳게 쥐었다.

위이이이이이이잉.

그의 두 주먹 위로 거대한 기운이 모이기 시작했다.

바로 곁에서 그 광경을 지켜보는 용존과 환존이 아찔함을 느낄 정도였다.

그들로써도 처음 느껴보는 위압감이었다.

남장후가 슬며시 입술을 열었다.

"계속 그렇게 구경만 하다 죽을래?"

그러자 용존과 환존은 자세를 취하며 전신의 내공을 모조리 끌어모았다.

남장후에게 비교할 정도는 아니지만, 엄청난 기운이 그들의 손에 뭉치기 시작했다.

그때, 멀리 환존의 외침이 울렸다.

"뭣들 하느냐! 막으란 말이다!"

하지만 집마맹의 마인들은 아무도 움직이지 않았다.

그저 이제 곧 파멸시를 발포하겠다는 듯이 새하얀 빛에 휘감긴 포문과 그 밑에서 힘을 응집하고 있는 남장후와 용존, 환존을 번갈아 볼 뿐이었다.

그 순간 검은 빛줄기 하나가 뻗어 나와 환존 쪽으로 날았다.

"커헉!"

환존은 핏물을 뿜으며 튕겨나갔고, 그가 서 있던 자리에는 사존이 누워 있었다.

남장후는 눈매를 좁히며 사존을 내려 보았고, 사존은 힘겹게 웃으며 속삭이듯 말했다.

"맹주께 얻어먹은 밥값 정도는 해야지 않겠습니까?"

변명치고는 궁색했다.

그 순간, 포문이 쪼개지며 거대한 원통의 빛줄기를 뿜었다.

파멸시!

그것이 드디어 발포된 것이었다.

남장후는 크게 외치며 두 주먹을 하늘을 향해 뻗었다.

"지금!"

용존 역시 지금껏 모은 힘을 파멸시를 쏟아냈다.

남장후와 용존의 권력이 파멸시를 가격하는 순간, 새하얀 빛이 온 세상을 물들였다.

그 빛에 휘말린 모든 이들은 생각했다.

이것이 바로 죽음인지도 모르겠다고…….

†

성하맹의 다섯 번째 벽을 넘고 있던 집마맹주는 걸음을 멈췄다.

65

성하맹의 중심부에서 터져 나와 빠르게 자신을 향해 번져오는 새하얀 빛살의 물결을 보았기 때문이었다.

그 광경은 황홀하면서도, 아름다웠다.

하지만 집마맹주는 마음에 들지 않는다는 듯 혀를 찼다.

"역시 실패했군. 회존, 이 녀석아. 내가 파멸시 만으로는 부족하다지 않았더냐. 아, 말은 한 적이 없지."

하지만 바로 빙긋 웃었다.

"어찌되었든 위대한 수라천마의 목을 떼어내는 영광은 내 차지가 되었구나."

第八十三章.

가서 놀아

第八十三章.

가서 놀아

깊은 밤이다.

하지만 강중의 주민들은 대부분 잠에 깨어 있었다.

잠을 들 수가 없었다.

해가 질 무렵부터 성하맹 쪽에서 천둥같은 굉음이 연거푸 터져 나왔고, 지옥의 업화같이 새빨간 불길이 노을이 되어 넘실거렸기 때문이었다.

세상이 어떻게 돌아가는지 알만한 이들은 성하맹이 강중에 자리를 잡을 때부터 언젠가 이런 날이 올 줄 알았다.

하지만 실제로 닥치니 어찌해야 될지를 알 수가 없었다.

그저 창고나 후미진 구석에 몸을 숨긴 후, 고개만 살짝 내밀고 하늘을 향해 빌고 빌 뿐이었다.

69

저 불길이 성하맹의 벽을 넘어서 이리로 다가오지 않기를.

저 천둥같은 굉음이 이곳으로 향하지를 않기를.

그렇게 견디기 힘든 시간이 흘러갔다.

그리고 조금 전이었다.

"뭐지?"

온 하늘이 새하얗게 물들어 있었다. 손을 뻗으면 새하얀 가루가 묻어나오지 않을까 싶을 정도였다.

어찌된 영문인지 알 수 없는 사람들은 저도 모르게 일어나, 마당을 가로질러 대문 밖까지 나와 모여서 웅성거리기 시작했다.

"뭐야? 벌써 날이 샌 거야?"

"그건 아닌 것 같은데⋯⋯. 뭐지? 온통 하얗기만 하네."

하늘의 빛은 정말 분칠을 해놓은 것처럼 새하얘서 아름답고도 신비로웠다.

때문에 아이들은 이리저리 뛰며 즐거워했다.

하지만 어른들의 표정은 더욱 어두워졌다.

하늘의 색이란 낮이면 푸르고, 밤이면 새카매야만 했다.

그게 순리이며 이치였다.

범상치 않은 일이 벌어지려는 전조이라는 생각이 들기에 어른들은 심각한 얼굴로 의견을 나누었고, 노인들은 한숨을 쉬며 이리 속삭였다.

"나라가 망할 징조인가 보다."

그때였다.

성하맹이 위치한 방향에서 솟구쳐 오르는 새파란 빛줄기를 볼 수 있었다.

새파란 빛줄기는 하얀 하늘을 종잇장처럼 갈라버렸고, 하늘 끝까지 닿을 것처럼 솟아오르다가 어느 순간 사라져버렸다.

그 후 하늘의 빛은 점점 어두워지더니, 결국 새카만 밤의 모습을 되찾았다.

대체 뭐가 어떻게 된 걸까?

알 수가 없었다.

모인 사람들은 그저 침묵했다.

그때, 자그마한 아이 한 명이 속삭였다.

"그 푸른 빛 말이야. 주먹이었어."

주변에 있는 이들이 아이를 돌아보았다.

아이가 조막만한 손을 움켜쥐더니, 하늘을 향해 쭉 뻗었다.

"누가 이렇게 주먹질했어."

사람들은 너나 할 것 없이 성하맹이 있는 방향으로 시선을 돌렸다.

하늘이 하얗게 물들었던 이유는 분명 저 안에 있을 것 같았다.

그리고 아이가 주먹질이라고 했던, 밤을 되찾아준 푸른

71

빛살도 분명 저 안에서 튀어 나왔다.

대체 저 안에서는 무슨 일이 벌어지고 있는 걸까?

알 수가 없었다.

알아서도 안 될 것 같았다.

†

파멸시의 포문이 있던 자리.

덩그러니 의자 하나만이 놓여 있다.

그 위에 남장후가 앉아 있었다.

그는 하늘을 향해 주먹을 내지른 자세로 가만히 굳어 있었다.

주변 이십여 장 내에 존재하는 건 아무것도 없었다.

환존을 공격하여 튕겨낸 후, 그 자리에 쓰러져 있던 사존은 보이지 않았다.

바로 옆에서 남장후가 시킨 대로 파멸시를 향해 강기를 뿜었던 용존도 사라지고 없었다.

이십여 장 내에 존재하던 것은 모조리 사라져 버렸다.

오직 남장후와 그가 앉아있는 의자만이 남겨져 있을 뿐이었다.

남장후에게서 이십여 장 정도 떨어진 자리, 삼십여 명이 모여 있었다.

 9

그들만이 파멸시의 여파에 휘말리지 않고 살아남을 수 있었다.

하지만 그들은 기뻐하기보다, 그저 실성한 사람처럼 눈과 코 입을 크게 벌린 채 남장후만을 바라만 보았다.

마치 시간이 멈춘 듯 했다.

그림처럼 한 장의 종이 안에 새겨져버린 것만 같았다.

집마맹의 생존자들은 도무지 믿을 수가 없었다.

모든 게 사라져 버렸다.

용존과 사존이 가루가 되어 흩어지는 모습을 보았다.

바로 코 앞에 있던 동료가 모래성처럼 쓸려가는 모습을 보았다.

죽었다기보다 지워진 것만 같았다.

살아있었다는 흔적이나 잔재는 어디에도 남아있지 않았다.

저래도 되는 걸까?

하지만 오직 남장후만은 여전했다.

가장 중심부에 위치했었지만, 그는 한 번 힘겨워하는 표정조차 보이지 않고 버텼다.

죽음 그 자체 같던 그 새하얀 빛무리, 파멸시는 오직 그만은 어찌할 수 없었다.

오히려 그의 주먹이 뿜어낸 푸른 빛살에 찢겨져 사라졌다.

73

하지만 남장후도 사람이기는 한 모양이었다.

하늘을 향해 뻗고 있던 그의 오른 주먹이 먼지가 되어 흩어지기 시작했다.

순식간에 팔목이 사라졌고, 이어서 팔꿈치까지 흩어져 갔다.

마치 죽음이 그를 향해 기어오르는 듯만 했다.

팔꿈치를 넘어 어깨까지 사라져 갈 때, 석상처럼 굳어있던 남장후의 입술이 벌어졌다.

"여기까지다."

그 말을 알아듣기라도 하는 듯, 어깨에서 멈추었다.

그제야 되었다는 듯 남장후는 고개를 뚝 떨어트렸다.

벌어진 그의 입에서 한 숨이 길게 흘러나왔다.

"휴우. 살았구나."

그의 속삭임은 멀리 떨어져 있는 집마맹 마인들의 귀에도 똑똑히 전해졌다.

그들은 그제야 실감할 수 있었다.

자신들은 살아남았다는 것을.

기쁘지만 기쁘다고 할 수는 없었다.

남장후가 고맙지만 고맙다고 할 수는 없었다.

오히려 칼을 집어 들고 남장후를 향해 달려들어야 했다.

하지만, 달려든다고 해서 저 살아있는 신 같은 존재를

죽일 수 있을까?

그가 외팔이가 되었다고 해도, 전혀 위로가 되지는 않았다.

수라천마는 눈짓만 찡끗하면 자신들 쯤은 단숨에 죽여버릴 수 있는 존재이니까.

그때였다.

"왜! 대체 왜!"

집마맹의 무인들은 외침소리가 들려온 방향으로 고개를 틀었다.

그 곳에 회존이 있었다. 그런데 그의 하체가 보이지 않았다.

파멸시에 휘말려 사라져 버린 모양이었다.

심각한 부상이었다.

아무리 회존이 무림에서 손꼽힐만한 고수라지만, 치료를 받는다고 해도 살아남기는 어려울 듯했다.

하지만 회존은 자신의 상태가 어떤지 따위는 관심이 없는지, 충혈된 눈으로 남장후만을 노려보며 미친 사람처럼 외쳐댔다.

"왜 산 거야! 당신은 죽을 수 있었어! 당신은 죽어야 했어! 그렇다면 세상은 당신의 숭고한 죽음을 칭송할 거고, 더불어 당신을 죽인 나를 기억했을 거야! 대체 왜 산 거야! 왜!"

천마재생

남장후가 눈살을 찌푸렸다.

그러더니 한 마디를 폭 뱉었다.

"살고 싶으니까."

회존은 허탈한지 고개를 축 늘어뜨렸다. 그에게 죽음이 찾아오는 모양이었다. 부릅떴던 두 눈은 천천히 감기어 가기 시작했고, 피부색은 새하얗게 변해갔다.

회존이 더듬더듬 입술을 벌려 물었다.

"마지막으로 하나만 물읍시다. 왜 살고 싶은 거요?"

남장후는 잠시 머뭇거리다가 고백하듯 말했다.

"사람이니까."

그 말이 웃긴지 회존의 입매가 위로 올라갔다.

"거짓말."

회존은 그 한 마디를 남기고 숨을 멈췄다.

한줄기 바람이 불어와, 그의 영혼을 몸에 실고 멀리 하늘로 여행을 떠났다.

남장후의 시선이 살아남은 집마맹의 마인들을 향했다.

너희는 어쩔거냐고 묻는 듯한 눈빛이었다.

뭘 어쩔 수 있을까?

집마맹의 마인들은 그저 그의 눈을 피해 고개를 숙였다.

남장후는 고단한 일과를 마친 농부가 집을 향하기 전에 뱉는 한숨처럼 속삭였다.

"끝났네."

그때였다.

"아니지요. 시작이지요."

휘이이이이이이이이잉!

광풍이 일며 한 사내가 회존의 시체 옆에 내려서고 있었다.

마치 은으로 만든 가면을 쓴 듯한 기묘한 용모의 사내, 집마맹주였다.

이어 그의 양 옆으로 메마른 노인과 곰처럼 덩치가 큰 중년의 사내가 내려섰다.

집마맹주는 싱그러운 미소를 그리며 남장후를 향해 포권을 취했다.

"이렇게 만나 뵙게 되어 영광입니다."

남장후가 지친 눈으로 그를 살펴보았다.

"네가 개냐?"

집마맹주는 고개를 끄덕였다.

"네. 제가 그 애입니다."

그러며 집마맹주는 포권을 풀고 남장후를 향해 걸음을 옮겼다.

눈동자를 움직여 남장후의 상태를 살핀다.

그러더니 만족스럽다는 듯 고개를 끄덕였다.

"좋습니다. 아주 좋아요. 하하하하하하하하핫!"

천마재생

그의 웃음소리가 마음에 들지 않는지, 남장후가 눈살을 찌푸렸다.

"즐거운가 보구나."

"즐겁지요. 즐겁다마다요. 당신을 죽일 수 있게 되었는데, 어찌 즐겁지 않겠습니까?"

"그럴 수 있을까?"

"그러지 마시지요. 일어설 힘도 없으신 분께서 뭘 그렇게 말이 많으십니까? 그저 적당한 유언이라도 남기실 준비나 하시지요."

남장후는 다가오는 집마맹주를 매섭게 쏘아보았다. 하지만 집마맹주는 더욱 환하게 웃음지을 뿐이었다.

결국 남장후는 어쩔 수 없다는 듯 눈을 감았다.

"그래, 네 말이 맞다. 일어날 힘조차 없지."

"그래요. 살아날 힘도 없지요. 자, 유언은 뭡니까? 제가 온 세상 사람이 모두 들을 수 있도록 퍼트려 드리겠습니다. 당신을 향한 존경의 표시이며, 성의입니다."

남장후는 고민이 된다는 듯 눈가를 주름지었다.

"유언……. 유언이라. 네가 나라면 유언을 남길까?"

집마맹주가 어깨를 으쓱했다.

"모르지요. 제가 당신이 될 수 없으니까요. 그 누구도 당신이 될 수 없지요. 당신은 당신 밖에 될 수 없습니다."

"그런가? 그러면 내게 물어야겠군."

무슨 짓일까?

남장후가 눈을 뜨더니 하늘을 향해 고개를 들고 묻듯이 말했다.

"난 유언을 남깁니까?"

그때였다.

"아니."

번쩍!

푸른 빛살이 떨어진다.

콰아아아아아아아아아앙!

굉음과 함께 남장후의 옆에 커다란 웅덩이가 생겼다.

그 안에서 기골이 장대한 노인 한 명이 걸어 나온다.

집마맹의 퇴로를 장악하고 있다던 권황 철리패였다.

권황 철리패는 보좌에 앉아있는 남장후에게로 걸어갔다.

남장후가 자신의 오른쪽을 턱 끝으로 가리키며 쓴웃음을 지었다.

"저는 당신이 될 수 없었습니다."

권황 철리패가 말했다.

"아니. 너니까 나일 수 있었다."

그러며 확인시켜주겠다는 듯 집마맹주 쪽으로 고개를 돌렸다.

"그렇지 않은가?"

집마맹주는 믿을 수 없다는 듯 고개를 절레절레 저었다.

"그럴 리가, 그럴 리 없어."

권황 철리패가 빙긋 웃었다.

"봤지?"

남장후가 따라 미소를 지었다.

"그렇군요."

권황 철리패가 남장후에게로 다가가 어깨를 가볍게 두들겼다.

"잘 했다. 오직 너이기에 가능했다."

남장후가 어색한 표정으로 말했다.

"아닙니다. 다 수라마보 덕분이지요."

위이이이이잉.

남장후의 심장 부위에서 푸른빛이 뿜어져 나왔다. 잠시 후, 마름모꼴 형태의 보석이 튀어나왔고, 권황 철리패의 가슴에 스며들었다.

동시에 남장후의 모습이 변해갔다. 얼굴은 주름이 가득 파였고, 코는 낮아졌으며, 체구는 부풀 듯 커졌다.

반대로 권황 철리패는 주름이 사라져갔고, 코는 높아졌으며, 몸집은 줄어들었다.

그렇게 두 사람은 변해가더니, 변모가 멈췄을 때에는 남장후는 권황 철리패가 되었고, 권황 철리패는 남장후가 되었다.

권황 철리패가 말했다.

"말씀대로 최고의 전쟁터였습니다."

남장후는 피식 웃었다.

"최고는 아니야. 아직 더 남아있어. 이제부터 시작이니까."

그러며 남장후는 집마맹주를 향해 고개를 돌려 물었다.

"그렇지 않나?"

집마맹주는 아무 말도 하지 못했다.

†

인간의 형태를 한 재앙.

수라천마 장후를 상징하는 표어 중 하나이다.

단신으로 소국 정도의 전력(戰力)과 비등한 힘을 가지고 있으니, 재앙이라고 할만 했다.

아니, 신이라고 불러야 하는 게 더욱 적당할 지도 모른다.

하지만 단체를 경영하는 권력자들은 재앙 같은 그의 전력이 아닌, 다른 부분을 더욱 두려워한다.

천마재생

그들이 두려워하는 부분을 상징하는 표어를 집마맹주는 마음속으로 속삭여 보았다.

'수라천마는 어디에나 있고, 어디에도 없다.'

수라천마 장후는 귀계와 음모에 능하다.

아니, 능하다는 표현으로는 부족하다.

가히 미래를 만들어 낸다고 할 정도이다.

그는 언제나 모든 사람의 의표를 찌르는 방식으로 움직였고, 모두가 예상치 못한 상황을 만들어냈으며, 그로인해 언제나 승리를 쟁취했다.

그렇기에 집마맹주는 삼년 전, 수라천마 장후가 다시 세상에 모습을 드러냈을 때, 강호제패를 위한 행동을 중지했다.

대신 오직 수라천마 장후를 죽이기 위한 함정을 만드는 계획에 착수했다.

맹수를 잡으려면 그만한 크기의 함정과 노력, 시간이 필요한 법이다.

응당 치러야한 대가이니, 인력과 비용, 시간을 아끼려 하지 않았다.

그렇게 해서 수라천마를 끌어들일 함정으로써 성하맹을 만들었고, 그를 죽일 수단으로 파멸시를 설치한 것이다.

성하맹이 오직 수라천마 한 사람을 죽이기 위한 함정이라고 생각할 사람은 아무도 없을 것이다.

그렇기에 집마맹주는 자신했다.

이 함정은 아무리 수라천마라고 하여도 알 수 없을 것이며, 그러니 당할 수밖에 없으리라고.

하지만 그럼에도 집마맹주는 확신까지는 하지 않았다.

그럴 리 없지만, 만약에, 수라천마 장후하면 파멸시를 견뎌내고 살아남을 수도 있다는 의심을 지울 수가 없었다.

의심은 점점 커져가 기정사실로 변해갔다.

그래.

수라천마는 살아남을 것이다.

물론 파멸시라면 아무리 수라천마라고 하여도 삶보다는 죽음에 가까울 만한 상처를 안겨줄 것이다.

그리고 그가 자신이 함정을 빠져 나와 살아남았다는 사실에 안도한 순간, 그 순간이야 말로 그를 죽일 수 있는 진정한 기회이며, 함정인지도 모른다.

그런 판단이 서자, 집마맹주는 직접 나서겠다고 결심했다.

그 역할을 맡길 사람이 떠오르지 않기 때문이었다.

좌우호법, 내전총찰, 집마십존…….

그 누구에게도 맡길 수가 없었다.

오직 나뿐이다!

수라천마의 목을 자르는 역할은 자신에게 맡겨진 운명일지도 모른다는 생각까지 들 정도였다.

그렇게 집마맹주는 직접 나섰다.

그런데…….

'당했어.'

제대로 당했다.

함정에 빠트린 줄 알았는데, 오히려 함정에 빠지고 말았다.

정말 이렇게 당할 수도 있나, 싶을 정도이다.

굳어 있던 집마맹주의 입이 천천히 벌어졌다.

"어떻게 아셨습니까?"

목소리는 차분했다.

마치 남의 일이라는 듯 표정 역시 담담했다. 그가 평범한 인물이 아니라는 증거였다.

하지만 남장후는 호기심 많은 꼬맹이가 질문을 해댄다는 듯이 귀찮은 투로 대꾸했다.

"뭘 어떻게 알아?"

"다. 전부 다 말이외다. 성하맹이 당신을 끌어들이기 위한 함정이라는 건 어떻게 아셨습니까?"

"촌스러워서. 허술하고 조잡해서."

집마맹주는 한숨을 푹 내쉬었다.

"굳이 절 죽이시지 않아도, 스스로 죽고 싶은 심정입니다. 그러니 좀 친절하게 설명해주시면 안 되겠습니까?"

남장후는 피식 웃었다.

"좋아. 제대로 말해주지. 무림제패를 하기 위해 전초기지를 세운다? 굳이 이제 와서? 누가 속겠어?"

"다 속았습니다."

"속은 놈들이 병신이지. 웃기잖아? 내가 나타난 시기에 딱 맞춰서 성하맹을 만든다는 거. 나를 어떻게 해보겠다는 수작이 깔려 있으니, 알아봐달라는 거 아냐."

"우연이라는 생각은 안하셨습니까?"

"우연? 그런 걸 믿을 정도로 미지근하게 살지 않았어."

"성하맹이 함정이라고 의심하기에는 규모가 크다고 여기지 않으셨습니까?"

"아니. 나라도 나를 잡으려면 그 정도는 했을 테니까."

집마맹주는 고개를 주억거렸다.

"그렇군요. 그렇지요. 암요, 그렇고말고요. 그러면 어떻게 제가 직접 나설 것이라 예상하셨습니까?"

"예상한 적 없다."

"어쩌다보니 얻어 걸렸다? 그러지 마시지요. 방금, 우연이란 걸 믿을 정도로 미지근하게 살지 않았다고 하셨잖습니까."

"말귀가 어둡군. 예상한 적 없다고 했지, 우연이라고 한

적은 없어. 넌 스스로 나선 게 아니야. 내가 너를 끌어낸 거지."

"역으로 함정을 파셨다?"

남장후는 살짝 고개를 끄덕였다.

집마맹주가 물었다.

"도무지 모르겠군요. 저는 분명 제가 판단을 내려 이 자리에 온 것입니다. 그런데 당신께서는 제가 끌려온 것이라 하시니, 납득할 수가 없군요."

"뭘 납득까지 하려고 그래. 그저 이제부터 내가 너한테 뭔 짓을 할 건지를 걱정하기에도 시간이 부족할 텐데."

집마맹주가 말했다.

"몰라서 묻는 게 아닙니다. 지난 반년동안, 당신께서 벌인 일은 놀라웠습니다. 그렇기에 저는 완벽하다고 자부했던 이 함정을 자신은 하지만 확신까지는 할 수 없게 되었지요."

"그랬겠지."

"그리고 이 함정은 아무리 당신이라고 하여도 저를 낚기 위해 일부러 빠져들 만큼 가볍지 않습니다. 정말 목숨을 걸어야할 정도는 되지요."

"그랬지."

남장후가 슬며시 고개를 돌려, 보좌에 힘없이 늘어져 있는 철리패를 바라보았다.

"저 녀석이 없었다면 그랬지."

철리패는 희미한 미소로 답했다.

집마맹주는 남장후의 시선을 쫓아 철리패를 노려보았다.

"권황 철리패. 이 정도인 줄 몰랐습니다."

"나는 알았다. 너를 무너트린 건, 내가 아니라 철리패라고 해야겠지."

"이왕이면 당신이라고 해주십시오. 그래야 더 위로가 될 듯합니다."

수라천마의 시선이 다시 집마맹주에게로 돌아왔다.

"자, 이제 어떻게 해줄까?"

"조금 더 대화를 나누는 건 어떻겠습니까?"

남장후가 입매를 비틀었다.

"왜? 이 정도면 은황신마력(銀皇神魔力)을 발현시킬 준비를 마친 것 같은데?"

집마맹주의 얼굴이 딱딱하게 굳었다.

"거기까지 아십니까? 대체 모르는 게 뭡니까?"

"모르는 건, 굳이 네가 악마사원의 자은마맥(紫銀魔脈)이라는 정체를 숨기고 집마맹을 가장했다는 거지."

"과거 집마맹이라고 불렸던 녀석들이 바로 우리 악마사원의 지류 중 하나인 홍동마맥(紅銅魔脈)이었음은 모르셨소?"

남장후가 집마맹주를 향해 걸음을 옮겼다.

"알지, 알다마다. 그렇다 하여도 굳이 너희는 집마맹이라는 이름을 사용해서는 안 되었다. 집마맹이라는 이름이 가졌던 공포를 이용하려 해서는 안 되었어. 너희가 자은마맥이라는 이름 그대로 세상을 도모하려 했다면, 난 그저 지켜보았을 거야."

남장후의 미간에 푸른빛이 어리기 시작했다.

"집마맹이라는 세 글자가 이 세상에는 공포를 줄 수는 있어도, 나는 짜증만 나거든."

집마맹주는 주춤주춤 물러나며 말했다.

"짜증이 나신다라. 말씀 좀 해주시지 그랬습니까? 그럼 지금이라도 바꾸면 되겠습니까?"

"될 것 같아?"

집마맹주는 어색한 미소를 그렸다.

"안 되겠죠?"

동시에 두 손을 남장후를 향해 뻗었다.

콰아아아아아아아아아아아!

은빛의 강환이 수십 개가 튀어 나와 남장후를 향해 쏟아졌다.

그 순간, 남장후의 미간에 수라마안이 맺혔고, 푸른빛의 기둥을 뿜었다.

콰콰콰콰콰콰콰콰콰쾅!

은색의 강환은 푸른빛의 기둥에 부딪치는 순간, 얼마 버티지 못하고 물방울처럼 터져 나갔다.

　하지만 터져 나간 강환이 만들어낸 여파는 엄청났다. 한 무더기의 화탄이 쏟아져 내린 듯이 수십 개의 웅덩이를 만들어 냈다.

　잠시 후, 은색의 강환은 모두 터져 사라졌고, 동시에 푸른빛의 기둥은 사라졌다.

　빛이 사라진 자리, 집마맹주의 모습은 어디에도 보이지 않았다.

　남장후가 고개를 살짝 들어 올리더니 밤하늘에 떠 있는 점 하나를 바라보며 피식 웃었다.

　"이럴 줄도 알았다."

　그때였다.

　<u>크크크크크크크크크크크크</u>.

　끼이이이이이이이이이이!

　들려온 소리에 남장후의 시선이 살짝 내려갔다.

　집마맹주가 대동했던 노인과 중년의 거한이 괴롭다는 듯 비틀거리고 있었다.

　남장후의 미간이 좁혀졌다.

　그들에게서 흘러나오는 기파가 심상치 않았기 때문이었다.

천
마
재
생

쇄애애애애애애애액!

집마맹주는 은색의 빛살이 되어, 허공을 가로 질렀다.

더욱 빠르게.

더욱 멀리!

살아남아야 한다.

살아남는다면, 오늘의 실패는 바로 복구할 수 있었다.

좌우호법을 대동하고 나온 게 천운이었다.

'반각!'

좌우호법이 딱 그 정도의 시간만 버텨준다면, 남장후의 추적을 따돌릴 수 있다고 확신했다.

그리고 좌우호법은 분명 반각 이상의 시간은 버틸 수 있다고 믿었다.

그들의 실력을 믿어서는 아니었다.

좌우호법은 집마십존을 능가하는 고수이기는 하지만, 수라천마 장후를 상대로 반각이상 버틸 수 있을 정도라고 여기지는 않았다.

그렇다고 그들이 목숨을 다하여 충성심으로 본래의 실력을 넘어서는 기적을 보이리라고 여기지도 않았다.

좌우호법에게 시술했던 은황폭혼대법(銀皇暴魂大法)을 믿어서였다.

은황폭혼대법은 체내에 깃든 선천진기를 모두 일시에 분출토록 하는 대법이었다.

그 대가로 피시술자는 반각을 버티지 못하고 죽고 만다.

그 반각이라는 시간동안 좌우호법은 거의 무적에 가까운 신위를 보일 것이다.

그렇다고 해서 수라천마를 어찌할 수 있을 정도는 아니겠지만, 최소한 그를 막을 정도는 되겠지.

'반각!'

그 정도면 충분하다.

오늘의 실패를 교훈으로 삼을 것이다.

그럼으로써 다음의 성공을 이루어 낼 것이다.

그 날, 수라천마는 오늘을 후회하며 죽게 될 것이다.

"오늘 나를 놓친 걸 후회할 것이오!"

집마맹주는 밤하늘을 향해 그렇게 외치며 스스로를 위로했다.

†

노인과 중년의 사내는 처음 보았을 때보다 세 배정도 커져 있었다. 그리고 피부는 은가루를 뿌려놓은 것만 같이 반짝였다.

마치 은덩어리로 도금을 한 거인상처럼 보였다.

남장후는 가만히 그들을 지켜보기만 했다.

"이럴 줄은 몰랐는데?"

그 말이 칭찬이라도 된다는 듯 은색의 거인이 된 좌우호법은 입을 찢어져라 벌리며 환한 미소를 지었다.

이제 반각이 지나면 죽게 되건만, 뭐가 좋다고 저럴까?

그들의 미소는 그들의 것이 아니기 때문이었다.

지금 그들의 머리 안에는 집마맹주가 은황폭멸대법이 정한 과제, 남장후를 막아라 라는 명령이 남아있을 뿐이니까.

그런데 갑자기 남장후가 표정을 바꾸어 씨익 웃었다.

"라고 생각했나?"

그러자, 좌우호법의 미소가 딱딱하게 굳었다.

거의 동시에 남장후의 품이 들썩이더니, 두 개의 덩어리가 쑥 하고 튀어나왔다.

주먹만 한 크기의 새하얀 고양이 한 마리와 그 반쯤 되는 크기의 수달과 담비를 절반쯤 섞어놓은 듯한 귀여운 짐승이었다.

고양이와 담비같은 짐승은 남장후를 올려다보며 눈을 깜빡였다.

남장후가 고개를 내려 물었다.

"심심하지?"

고양이와 담비같은 짐승이 눈을 초롱초롱 빛냈다.

남장후는 턱 끝으로 좌우호법을 가리켰다.

"가서 놀아."

기다렸다는 듯 고양이와 담비는 옷깃 밖으로 튀어 나왔고, 바로 좌우호법을 향해 달려 나갔다.

천마재생

第八十四章.

마귀입니다

第八十四章.

마귀입니다

강호무림이 하나의 커다란 도박판이라면, 협왕 위수한
이나 검성 하지후, 그리고 오륜마교의 교주들은 그 도박판
앞에 앉은 도곤(賭棍)이다.

그렇다면 집마맹주는 새로이 그 판에 앉으려는 도곤이
라고 해야할까?

아니다.

도박판의 법칙 따위는 조금도 개의치 않고 그저 그 위에
올라온 판돈을 어떻게든 수중에 넣으려는데, 어찌 도곤이
라 할 수 있을까.

그저 사기꾼일 뿐이다.

소매와 허리춤, 발뒤꿈치 같은 곳에 패를 여럿 숨겨둔

채, 오직 도박에서 이기는 데 급급한 자이다.

그래도 통하지 않으면, 도박판 그 자체를 엎어 버리려는 치졸한 자이다.

그렇다면 수라천마 장후는?

최강의 도곤?

아니면, 집마맹주를 능가하는 사기꾼이려나?

"도방의 주인이라고 해야지 않을까?"

그렇게 말한 후, 협왕 위수한은 재밌다는 듯이 히쭉 웃었다.

"상대가 안 된다는 거지."

그러자, 옆에 있던 오금맹노가 마음에 안 든다는 듯 이죽거렸다.

"좋소? 즐거워? 뭐가 그리 즐겁소?"

위수한은 크게 고개를 끄덕였다.

"그럼, 즐겁지. 내 판돈 야금야금 따먹던 사기꾼 잡으러 가는데, 즐겁지 않으면 그게 이상하지. 더구나 도방의 주인이 우리 편인데, 이 도박판 같은 세상, 거칠게 뭐가 있느냐."

오금맹노가 인상을 구겼다.

"그가 왜 우리 편입니까?"

그 순간, 조금 떨어져 있던 두 사람이 일제히 그를 향해 고개를 돌렸다. 그들 중 한명은 고작 스물이나 되었을까 싶었고, 다른 한 명은 열일곱쯤이나 되었을까 싶은 홍안의 젊은이들이었다.

하지만 보이는 용모로 그들을 판단해서는 안 되었다.

그들이 바로 실종되었다가 다시 나타난, 오륜마교의 일교주 괴겁마령과 이교주인 혈우마령이었으니.

오금맹노는 두 눈이 없음에도 그들의 차가운 시선이 자신에게 향하고 있음을 느끼고, 휙 고개를 돌려 얼굴을 마주 대했다.

그러자 괴겁마령과 혈우마령의 눈매가 얇아졌다.

위수한은 어색하게 웃으며 오금맹노의 허리를 꾹꾹 눌렀다.

"왜 이래?"

오금맹노가 외치듯 말했다.

"내가 왜 이러겠소! 몰라서 묻소?"

모를 리가 없었다.

오금맹노는 태어날 때부터 봉사가 아니었다. 십여 년 전인가, 우연히 오륜마교의 셋째교주인 월야마령을 만났다가 시비가 벌어져, 목숨 대신 두 눈을 빼앗겼기 때문이었다.

그러니 지금 오륜마교의 일교주와 이교주와 함께 있는 자리가 그에게는 아프고 화가 날 터였다.

하지만 지금은 한 솥밥을 먹게 된 사이이니, 과거의 원한은 잊어야 했다.

잊을 수 없다면 꽁꽁 숨겨두거나.

지금은 이렇게 어깨를 나란히 하지만, 후일 분명히 다시 마주 볼 날이 올 것이다.

그때 숨겨두었던 원한을 끄집어내면 된다.

그걸 알만 한 사람이 왜 이러나?

오금맹노가 얼굴에 잔뜩 인상을 쓰며 외쳤다.

"그 분이 왜 우리 편입니까! 우리가 그분 편이지요! 그렇지 않습니까, 교주님들?"

괴겁마령과 혈우마령의 눈매가 부드럽게 풀렸다. 그 대신 위수한의 눈매가 날카롭게 좁아들었다.

오금맹노가 환하게 웃는 얼굴로 말했다.

"우리 형님이 이렇게 언변이 부족합니다. 허허허허허. 허나 본심은 그렇지 않으니, 교주님들께서는 그저 웃고 넘어가 주십시오."

괴겁마령과 혈우마령은 가볍게 고개를 끄덕인 후 앞쪽으로 고개를 돌렸다.

하지만 위수한은 오히려 오금맹노를 향해 고개를 들이밀었다.

오금맹노가 상체를 뒤로 빼며 말했다.

"왜 이러십니까?"

위수한이 이를 빠드득 갈았다.

"오래 살겠다."

"다 누구한테 배웠겠습니까?"

"잘 배웠네. 스승보다 낫네. 인정하마. 하산해라."

"에이, 아직 멀었죠."

그러며 오금맹노는 앞을 향해 고개를 돌렸다.

"아직 멀었습니까?"

위수한은 슬며시 표정을 풀고, 앞으로 고개를 돌렸다.

"얼마 안 남았어."

휘이이이이잉!

전면의 풍경은 선이 되어, 빠르게 뒤로 밀려나가고 있었다.

바람은 그들을 반가워 환호하듯 크게 울어댔고, 대강의 물결은 축배를 들듯이 하얀 포말을 일으키며 갈라졌다.

그들은 배를 타고, 성하맹을 향해 이동하는 중이었다.

남장후가 성하맹에 도착했다는 급보를 전해 받는 순간, 바로 출발했다.

그게 계획이었기 때문이었다.

성하맹의 눈과 귀를 벗어난 후기지수들로 구성된 단체 은천대와 철리패 만을 이끌고 먼저 성하맹을 친다.

그 후에야 협륜문이 미리 준비해두었던 정예를 출발시킨다.

협륜문의 정예가 성하맹에 도착할 시간은 닷새 내외.

하지만 위수한은 고작 이틀이 지난 지금 성하맹의 근처에 이를 수 있었다.

그들이 타고 있는 쾌속선 덕분이었다.

오금맹노가 혀를 내두르며 말했다.

"이 흑경선이라는 배, 정말 빠릅니다. 이거 열 척만 있으면 대강은 손바닥 안이겠어요."

위수한이 살짝 고개를 끄덕였다.

"그러게. 과거 흑룡왕이 이 배로 대강을 차지할 수 있었다더니. 그럴 만하네. 이 배 설계도를 어디서 구할 수 없을까? 이거 딱 열 척만 만들자. 그러면 대강은 우리 차지일 걸?"

"큰 돈 들어갈 걸요."

"쓰지 뭐. 뽑아내면 되니까."

"설계도면은 어디서 얻고요? 돈으로 안 될 수 있지요."

"그럼, 협박 좀 하고. 안 통하면 빼앗지 뭐."

"도적 놈도 아니고 그게 뭡니까."

"우리의 본분을 잊지 마라. 우린 마적이야. 이 배 설계도를 얻으면 수적이 되겠지만."

"수적 보다는 해적이 낫지 않소?"

"우선 수적부터 해보고, 할 만하다 싶으면 해적도 하지 뭐."

그때, 그들의 대화를 엿들은 혈우마령이 말했다.

"내게 있소이다."

위수한이 그를 향해 고개를 돌려 물었다.

"네? 무슨 말씀이신지?"

"설계도, 제게 있습니다. 어떻게, 뺏어 보시겠소?"

그러자 위수한이 눈을 얇게 좁히며, 엄숙한 목소리로 말했다.

"봉사 놈아. 사람은 본분을 잊지 말아야 한다고 했지?"

오금맹노가 바로 알아듣고 대꾸했다.

"그렇죠. 우리는 마적이지요."

"그래. 마적이 무슨 수적질이냐. 어울리지 않게. 그렇지?"

오금맹노가 냉큼 고개를 끄덕였다.

"그럼요. 그렇고말고요."

혈우마령은 우스운지, 입매가 비틀었다.

그 순간 괴겁마령이 말했다.

"셋째야."

혈우마령은 표정을 엄숙히 고치고 고개를 숙였다.

"말씀하시지요."

"우리도 본분을 잊지 말아야지?"

"그렇습니다."

"우리의 본분이 뭐냐."

"마인(魔人)이지요."

"그래, 우리는 마인이야."

그러며 괴겁마령은 고개를 돌려 서늘한 눈으로 위수한을 바라보았다.

위수한은 순간 표정이 굳었지만, 바로 방긋 웃으며 말했다.

"제가 마음에 안 드십니까?"

괴겁마령이 코웃음 쳤다.

"들 리가 있겠나?"

"다행이네요. 저만 그런 줄 알았습니다."

괴겁마령이 미소 지었다.

"듣기는 했지만, 정말 많이 컸어. 오줌 질질 쌀 때가 엊그제 같은데 말이야."

"그때 오줌 질질 짠 건, 당신의 형님 때문이지 당신 때문은 아니었죠."

괴겁마령의 미소가 짙어졌다.

"정말 많이 컸어."

"당신은 많이 어려지셨군요."

그 순간 혈우마령이 위수한을 향해 한 걸음 나섰다.

그러자 오금맹노가 위수한의 앞을 가로막았다.

덕분에 분위기가 무겁게 가라앉았다.

당장이라도 칼부림이 벌어질 듯이 스산하다.

어느 순간 괴겁마령의 입이 벌어졌다.

"다 왔군."

오른쪽 멀리, 지평선이 보였다.

드디어 성하맹이 위치한 도시, 강중이 모습을 드러낸 것이었다.

위수한이 고개를 끄덕였다.

"그렇군요. 다 왔습니다."

"그래. 이 이야기는 나중에 다시 하지."

"그때는 제가 먼저 말을 걸지요."

"잘 컸네."

그러며 괴겁마령은 몸을 놀려, 선실을 향해 걸어갔다.

선실 안에 있는 오륜마교의 정예들에게 채비를 하라고 이르기 위해서였다.

그러나 혈우마령은 남아 계속 위수한을 쏘아만 보았다.

그렇기에 위수한과 오금맹노는 움직이지 않고, 그의 시선을 마주 대하고 있어야만 했다.

잠시의 시간이 흐르고 혈우마령의 입을 벌어졌다.

"둘째 형님께서 기분이 그리 좋지 않으시네. 위 회주께서 이해하시게."

차분하고 담담한 목소리.

적대감이 느껴지지 않기에, 위수한은 눈과 어깨에 힘을 풀었다.

"좀 살살 좀 갑시다."

혈우마령이 어깨를 으쓱했다.

"나야 그러고 싶지. 그런데 형님께서 저리 서방 잃은 계집처럼 구니 어쩌겠나. 맞장구 쳐 줘야지."

"왜 저럽니까?"

"그 날이라서 그런가 보지. 허허허허허헛."

위수한은 따라 웃지 않고, 혈우마령을 가만히 바라만 보았다.

혈우마령은 머쓱한지 머리를 긁적였다.

"우리 오륜마교식 농담이라네. 나름 회심의 한 수였는데, 안 통하는군."

위수한이 턱을 세우고 오만한 표정을 지었다.

"이거이거, 농담은 우리 쪽이 월등한 듯 합니다."

혈우마령이 과장되게 눈에 힘을 주어 말했다.

"자신하지 말게. 금방 따라 잡을 테니까."

위수한은 피식 웃은 후 턱 끝으로 선실로 이어지는 문을 가리켰다.

"그런데 대체 왜 저럽니까?"

혈우마령은 한숨을 내쉬었다.

"어려져서 그래, 어려져서. 큰 형님의 옆자리는 언제나 둘째 형님의 것이었네. 그리고 이 세상에 두 번째는 언제나 자신이라고 여기던 사람이야. 철리패에게 밀리니, 그

높은 자존심에 견딜 수가 없는 게지."

"딱 서방 잃은 계집 같군요."

"본래 저렇게 티내는 사람이 아닌데, 어려져서 그래, 어려져서. 자네가 이해 좀 해주게."

그러며 혈우마령은 선실을 향해 걸어갔다. 그러다 문득 생각났다는 듯 걸음을 멈추고 위수한을 향해 말했다.

"아! 까부는 건 좋은데, 그러다 죽을 수 있어. 조심해. 자네 조금 전 정말 죽을 뻔 했으니까."

"재미없습니다."

"농담 같은가?"

그 말을 남긴 후, 혈우마령은 문을 열고 그 안으로 사라졌다.

남겨진 위수한은 혈우마령이 사라진 문을 가만히 바라만 보다가 천천히 입을 열었다.

"너희도 죽을 뻔 했어. 알아?"

그러자 곁에 있는 오금맹노가 코웃음쳤다.

"있을 때 말하지. 그래야 알 거 아니오."

"다음엔 그러자."

그러며 위수한은 점점 더 가까워지는 강중을 노려보았다.

"저 다음에."

천마
재생

협륜문에서 출발한 지원병력은 모두 삼천 명으로 구성
되어 있었다.

그 중 흑경선을 타고 온 협륜문의 정예는 모두 이백 명
으로, 나머지 이천 팔백 명은 사흘 후에야 도착할 예정이
었다.

하지만 사흘 후 도착할 이천 팔백 명보다 지금 흑경선을
타고 도착한 이백 명이 전력면으로 월등했다.

한명 한명이 일류고수이며, 생사고락을 수십 번 정도는
넘어왔다고 할 만한 노회한 인물들이기 때문이었다.

그들이 미리 도착한 목적은 둘.

상황이 교착상태라면 남장후의 명령에 따라 전환점을
만들어내는 것이고, 이미 상황이 종료되었다면 집마맹의
잔당을 뿌리 뽑고 성하맹을 장악하는 것이었다.

고작 이백에 불과하다지만, 그러한 역할을 하기에 충분
했다.

더구나 위수한이 있고, 괴겁마령과 혈우마령이 있는데,
못할 게 뭐가 있을까.

하지만 그들은 예상치 못한 상황에 직면해야만 했다.

스르르.

흑경선이 잿더미가 되어 있는 선착장에 정박하는 순간, 이백 개의 그림자가 쏟아져 내렸다.

미리 약속했다는 듯 세 줄기로 나뉘어 성하맹의 중심부를 향해 달려 나갔다.

그들은 마치 한 몸만 같았다.

하늘에서 내려 본다면 세 마리의 거대한 구렁이가 먹잇감을 노리고 달려드는 것만 같지 않을까 싶었다.

잠시 사이에 그들은 사벽을 지나쳐, 삼벽에 이르렀다.

그동안 그들을 가로막는 건 아무것도 없었다.

하지만 삼벽의 입구에 도착했을 때, 드디어 인기척이 느껴졌다.

이백 명의 정예는 일제히 멈췄고, 혹시 모를 싸움을 준비했다.

부서진 문 사이로, 이십여 명의 사내가 튀어 나왔다.

그들이 입고 있는 옷을 보자, 정예들은 무기를 뽑아들었다.

성하맹의 정복이었기 때문이었다.

하지만 성하맹의 무인들은 손님을 맞이한다는 듯 정중히 몸을 숙였다.

대체 이게 어떻게 된 일일까?

삼벽 안쪽에서 새하얀 뭔가가 튀어나왔고, 성하맹 무인 중 가장 앞에 있는 사내의 머리에 내려앉았다.

자그마한 고양이였다.

고양이는 이백 명의 정예를 찬찬히 쓸어보더니, 누군
가를 찾아냈다는 듯 멈추고 바라보며 야옹 하고 울었
다.

그 순간 고양이가 바라본 쪽에서 한 사람이 걸어 나왔
다.

괴겁마령이었다.

괴겁마령은 고양이 앞에 이르자 두 손을 모아 정중히 포
권을 취했다.

"호선(虎仙)을 뵙습니다."

호왕이라고 불린 고양이, 호묘는 캬르르 울었다.

괴겁마령이 포권을 풀고 말했다.

"다 끝난 겁니까?"

호묘는 살짝 고개를 끄덕였다.

괴겁마령은 허탈한지 속삭이듯 말했다.

"우리는 할 게 없군요."

그 순간, 세 번째 벽 안에서 뭔가가 튀어 나왔다.

수달과 담비를 반쯤 섞어놓은 듯한 짐승, 용용이었다.

달려온 용용은 괴겁마령의 앞에 멈추더니, 입에 물고 있
던 종이를 툭 내려놓았다.

괴겁마령은 종이를 집어 들어 넓게 펴 보았다.

"이건?"

힘없던 그의 눈이 생기가 돌기 시작했다.

대체 뭘까?

위수한이 다가와 물었다.

"장후 선배의 전언입니까?"

괴겁마령은 시선을 종이에 둔 채, 고개만 살짝 끄덕였다.

위수한이 다시 물었다.

"장후 선배는 여기 없습니까? 그럼 어디에 계신답니까?"

"미끼를 쫓아 가셨다네."

"미끼?"

내용을 모두 읽었는지 괴겁마령이 종이를 그에게 넘겼다.

위수한은 종이를 받아들고 빠르게 읽어갔다.

그의 눈이 점점 커진다.

"이건?"

"그래. 낚시를 하고 계시는 구만."

그러며 괴겁마령은 먼 하늘을 올려다보았다.

그 곳에 남장후가 있기라도 한 것처럼……

그리고 속삭였다.

"이대로라면 이 전쟁, 올해를 넘기지 않겠어."

쇄애애애애애애애액!

날카로운 파공성을 뒤로 날리며 허공을 질주하는 은빛 물체가 있다.

창공의 주인이라는 매라고 해도 저처럼 빠르지 않을 것이다.

그리고 이토록 오래 날지도 못할 것이다.

혹시 유성일까?

그럴 리는 없었다.

유성이란 하늘에서 땅으로 내려올 뿐이지, 가로지르지는 않으니까.

그렇다면 무엇일까?

너무도 빨라 형체가 제대로 드러나지는 않았다.

더구나 그것은 눈이 부실 정도로 강렬한 은색의 빛살을 뿜어내는 탓에 멈춰 있다고 해도 그 형체를 알아볼 수 있을 것 같지가 않았다.

쇄애애애애애애액.

빛살 같이 허공을 가르던 은빛 덩어리가 점점 느려지고 있었다. 뿜어내던 빛의 밝기도 옅어져만 갔다.

어느 순간 그것은 방향을 꺾어 땅을 향했고, 결국 땅바닥에 내려앉았다.

머금었던 은색의 광채 역시 사라져 버렸다.

드러난 형체는 사람과 닮아 있었다.

아니, 사람이었다.

다른 점이라면 은가루를 바른 것처럼 피부의 빛깔이 은색에 가깝다는 것뿐이었다.

은색의 사내, 집마맹주는 두 발로 서 있을 힘조차 없는 듯 비틀거리다가 쓰러졌다.

그리고 내장이라도 토해낼 것처럼 입을 쩍 벌리고 거칠게 숨을 몰아냈다.

"하아, 하아, 하아, 하아."

구슬같은 땀방울이 전신에서 흘러나와 바닥을 적셨다.

일어나려 하지만 몸이 말을 듣지 않는다.

나른하다.

그대로 바닥에 몸을 눕히고 눈을 꼭 감고 싶다.

'이게 지친다는 건가?'

그로써는 난생 처음 느낀 기분이었다.

그의 태생이 남다른 탓이었다.

자은마맥의 맥주는 의례처럼 매해 갓 태어난 아이 열 명을 골라 은황신마력을 주입한다.

자은마맥에서는 그 아이들을 은황종자(銀皇種子)라고 부른다.

은황종자는 주입받은 은황신마력의 영향으로 사람이라고 부를 수 없는 강인한 체력과 내공심법을 수련하지 않아도 내력이 저절로 쌓고 발출할 수 있는 능력이 생긴다.

그건 초능이라고 할 수 밖에 없는 능력이었다.

그 중에서도 뛰어난 은황종자는 자연스럽게 대주천을 이루어 절정의 경지에 이르기도 한다.

아무것도 하지 않았는데도 절정고수가 된다니.

기문괴사라고 할 수 있었다.

어찌되었건 그런 이유로, 은황종자는 지친다는 게 뭔지 알지 못한다.

집마맹주는 은황종자였고, 그렇기에 이 피로라는 감정이 낯설기만 할 뿐이었다.

하지만 이와 유사한 감정은 확실히 알고 있었다.

'좌절.'

자은마맥주가 은황종자를 만드는 이유는 후학을 양성하기 위해서가 아니었다.

그렇다고 후계자를 간택하기 위해서도 아니었다.

오직 맥주 자신의 성취를 위함이었다.

은황신마력은 전이가 된다는 특성이 있었다.

그 때문에 자은마맥주는 은황신마력을 아이에게 주입하여 은황종자를 만들고, 이십 년이라는 시간이 지나 은황종자가 청년이 되면 잘 익은 벼를 추수하는 농부처럼 그들의 체내에 잘 여문 은황신마력을 거두어들인다.

그런 방식으로 자은마맥의 맥주는 자신의 은황신마력를 상승을 시켜왔다.

그건 잔인하고 사특한 방법이지만, 편리했기에 자은마맥의 전통이 되었다.

덕분에 은황종자가 된다는 건 특혜가 아니라 저주였다.

은황종자는 스물이 될 때까지 아무것도 할 수 없었다.

귀한 대접을 받지만, 먹고 마시고 자는 것 외에는 그 어떤 것도 허락되지 않았다.

말하는 법조차 모를 정도였다.

집마맹주가 그랬다.

그는 그저 숨만 쉬고 살았다.

그게 당연했다.

은황종자의 운명이었으니까.

하지만 그는 다른 은황종자와는 달랐다.

호기심이 많았고, 배움에 대한 갈망이 컸다.

그리고 자신이 갇힌 편안한 방보다 거칠지만 거대한 방 바깥의 세상을 동경했다.

하지만 그의 바람은 결코 허락되지 않았다.

애원하고 울며 매달려 봐도 아무 소용없었다.

그렇기에 집마맹주는 탈출을 시도했다.

천마재생

하지만 방문의 문턱을 넘을 수도 없었다. 그럼에도 매일 시도했고, 매일 잡혀왔다.

좌절의 나날이었다.

하지만 결국 이겨냈다.

그러다 기회를 얻을 수 있었고, 그 기회를 통해 자은마맥주의 양분이 아니라 자은마맥주를 양분으로 만들었다.

그리고 자은마맥 사상 처음으로 은황종자가 자은마맥의 맥주가 되는 역사를 이룩할 수 있었다.

집마맹주는 자부했다.

피로는 모르지만 좌절을 극복하는 방법은 누구보다 잘 안다고.

오늘의 패배를, 이 좌절을 기필코 극복하리라.

집마맹주는 이를 악 다물며 지친 몸을 벌떡 일으켰다.

하지만 바로 그의 입은 크게 벌어졌고, 몸은 땅바닥에 달라붙었다.

그의 오른쪽 어깨에 발 하나가 놓여 있다.

집마맹주는 고개를 들어 올렸다.

익숙한 얼굴이 보였다.

"반갑지?"

남장후였다.

집마맹주의 몸이 덜덜 떨렸다.

남장후는 방긋 웃으며 말했다.

"뭘 그렇게 빨리 가? 서운하게끔."

그러며 그는 집마맹주의 오른쪽 어깨에 디딘 발을 살짝 비틀었다.

투투툭.

집마맹주의 오른쪽 어깨에서 기묘한 소리가 튀어나왔다.

어깨뼈가 부서진 듯했다.

하지만 집마맹주는 고통을 참기 위해 이를 악물었다.

남장후가 눈살을 찌푸렸다.

"이런. 서운해서 힘이 좀 들어갔군. 괜찮나? 쯧쯔쯔. 사내 녀석이 그렇게 허약해서 쓰나."

집마맹주의 입가에 쓴웃음이 맺혔다.

허약하다니.

살아온 동안 한 번도 들어본 적이 없는 말이었다.

하지만 수라천마 장후라면 충분히 그런 말을 할 자격이 있었다.

남장후가 그의 어깨에서 발을 떼어내고, 두 걸음 뒤로 물러섰다. 그리고 무릎을 굽혀 몸을 낮췄다.

손을 뻗어 집마맹주의 머리를 휘어잡고 거칠게 들어올린다.

집마맹주의 머리가 들려 올라갔고, 남장후의 눈앞에서 멈췄다.

천마재생

눈동자와 눈동자가 마주친다.

집마맹주는 눈을 피할 생각이 없었다.

어차피 곧 목숨을 빼앗길 터였다. 능력이 모자라 죽기는
하지만, 의지까지 꺾일 수는 없었다.

남장후가 재미나다는 듯 피식 웃었다.

"눈은 힘을 주는 게 아니라, 인생을 녹여내는 거야."

"고작 눈에 인생을 녹여낼 정도로 여유롭게 살지 않아
서 그럽니다."

"곧 죽을 녀석이 기가 살았네."

"기라도 살아야지요."

"재밌군. 살고 싶나?"

"아니오. 죽이고 싶습니다."

남장후가 크게 웃었다.

"하하하하하하하하하핫! 좋아. 집마맹의 이름을 걸만
해! 그래, 이 정도는 되어야지!"

집마맹주가 차갑게 말했다.

"죽이시오. 비웃음꺼리가 되기 싫소."

남장후의 웃음소리가 잦아들었다.

"그럼 자결이라도 해."

"스스로 목숨을 끊을 정도로 여유롭게 살지 않았습니
다."

남장후가 그의 머리를 땅바닥을 향해 던졌다.

퍼억!

소리를 내며 집마맹주의 머리가 반쯤 땅바닥 속에 박혔다.

남장후는 일어나 그의 머리 위에 발을 올렸다. 그리고 지그시 내리 눌렀다.

그러자 집마맹주는 고통을 이길 수 없는지 바둥거렸다.

남장후는 그런 모습이 즐겁다는 듯 히쭉 웃었다.

"여유가 없어? 여유가 뭔지 넌 잘 알고 있잖아. 네가 하는 짓이 여유야. 네가 지금 개미처럼 꿈틀거리는 게 여유야. 패배를 인정하고 죽음을 구걸하는 네 병신같은 모습이 바로 여유라는 거다."

남장후가 그의 머리에서 발을 떼더니, 손을 뻗어 땅 속에 박힌 그의 머리를 끄집어냈다.

그러며 자신의 얼굴 앞에 가져다 대고 속삭이듯 말했다.

"살려줄까? 말만 해. 빌어. 울어. 살려달라고 외쳐봐. 살려줄지도 몰라. 응? 살려줘?"

집마맹주는 아무 말도 하지 않았다. 대신 이를 으드득 갈았다.

그러는 동안에도 남장후는 계속 속삭였다.

"말해봐. 살려달라고. 살기만 하면 다시 시작할 수 있잖아. 그래, 다시 시작하는 거야. 넌 가진 게 아직 많이 남아 있잖아. 그걸 끌어 모으는 거지. 그리고 계획을 다시 짜보는 거야. 나를 죽이고, 이 세상을 제패할 새로운 계획을. 단 한 마디만 하면 돼. 살려주십시오, 라고. 어때?"

꽉 다물려 있던 집마맹주의 입이 살짝 벌어졌다.

"죽여."

남장후가 실망스럽다는 듯 고개를 내저었다.

"약속하지. 살려주십시오, 라고 말해. 그러면 살려주지."

집마맹주의 눈매가 좁아 들었다.

남장후가 달콤하게 속삭였다.

"난 약속을 지켜. 알지? 말해봐. 살려달라고. 기회를 잡아보란 말이야."

집마맹주는 입이 벌어졌다.

"당신이 날 살려줄 이유가 없잖아."

그 순간 남장후의 눈동자가 반짝였다. 물고기가 미끼를 문 순간을 손에 전해지는 느낌으로 알아챈 순간, 드러나는 능숙한 낚시꾼의 눈빛이었다.

남장후가 말했다.

"그렇기는 해. 굳이 이유를 하나 들자면, 난 아직 싸우고 싶거든. 네가 이렇게 끝나면, 허탈해. 조금만 더 견뎌봐. 나를 즐겁게 해보란 말이야. 뭐, 하지만 단지 그런 이유로 널 살려주기는 좀 그렇지?"

그 순간 집마맹주의 눈이 떨렸다.

남장후는 마침 떠올랐다는 듯 말했다.

"그러면 네가 이유를 만들어 줘봐. 내가 널 살려줄 이유를 줘. 꼭 살려줄 수 있는 그런 거."

집마맹주는 고민에 빠져 들었다.

'수라천마 장후가 나를 살려줄 이유?'

있을까?

'있어야 해!'

없다면 만들어야만 한다.

'뭐가 있을까?'

뭔가가 떠올랐다는 듯 집마맹주의 눈이 커졌다.

그리고 크게 입을 벌려 외쳤다.

"오륜마교 내의 협조자 명단을 알려 드리겠소!"

남장후의 입꼬리가 위로 올라갔다.

"그래. 그런 이유."

†

성하맹이 소란스럽다.

협륜문의 지원병력 이천팔백 명이 도착한 탓이었다.

천마재생

이제부터 그들이 해야 할 임무는 칼을 들고 전쟁이 아니라, 곡갱이와 삽자루를 쥐고 부서진 성하맹을 복구하는 것이었다.

　앞으로 성하맹이 협륜문의 총단이 될 테니까.

　그것이 본래의 계획이었다.

　처음부터 협륜문은 총단을 건립하는 게 아니라, 성하맹을 빼앗아 그 터전을 그대로 활용할 생각이었다.

　남장후다운 계획이었고, 남장후답게 성공했다.

　하지만 괴겁마령은 성공을 마냥 기뻐할 수는 없었다.

　그 과정 중에 그가 한 것은 아무것도 없기 때문이었다.

　답답하기만 하다.

　하지만 조금만 참으면 된다.

　곧 할 일이 생길 테니까.

　"셋째야. 가장 괴로운 고문이 무엇인 줄 아느냐?"

　괴겁마령은 하늘을 바라보며 그렇게 말했다.

　그 질문의 답을 혈우마령이 모를 리가 없었다.

　하지만 혈우마령은 고개를 저으며 이리 대꾸했다.

　"모르겠는데요. 뭡니까?"

　질문의 답을 내리기보다, 그 의도를 먼저 살폈기 때문이었다.

　괴겁마령은 지루한 시간을 때우기 위해 주절대고 싶으니 들어나 달라는 것이니까.

괴겁마령이 말했다.

"뼈를 가르고, 살을 바르고, 손발톱과 이빨을 뽑아내 봤자, 매한가지이지. 그저 아플 뿐이야. 많이 아프나, 더 많이 아프나의 차이일 뿐이지. 아파도 견디는 놈은 더 아파도 견뎌. 이왕 죽을 거라면 오기로 더 버티지. 그런데 말이야, 굳이 그렇게 손발을 놀리지 않아도 술술 입을 열리게 만드는 방법이 하나 있지. 뭘까?"

혈우마령은 고개를 저었다.

"모르겠습니다."

"희망. 희망을 주는 거야. 살 수 있다는 희망. 내일이 생긴다는 희망. 하지만 그것도 조금 부족하지. 머리가 좋은 놈들은 통하지만, 중심이 뚜렷한 놈들은 바로 알아채지. 그럼 희망을 심는 것보다 더 좋은 고문은 뭘까?"

이번에도 혈우마령는 고개를 저었다.

"모르겠는데요."

"기회를 주는 거야. 내가 주는 게 아니라, 네가 쟁취하도록 이끌어 내는 거지. 살려주는 게 아니라, 스스로 살아남는 것이라는 성취감을 주는 거야. 그 대가로 내어주는 것들은 고문을 못 이겨 토설하는 게 아니라, 기회를 차지하기 위한 노력의 대가라고 여기게 만드는 거지."

혈우마령은 크게 고개를 끄덕였다.

"그렇군요. 그렇겠습니다."

천마재생

"그보다 더 뛰어난 고문이 뭔지 알아?"

"뭡니까?"

혈우마령의 눈이 살짝 벌어졌다.

그 보다 뛰어난 고문이 있다?

그건 진짜 모르는 부분이었다.

괴겁마령이 진지한 표정으로 말했다.

"다 아는 걸 모르는 척하며 말하게 만드는 거지. 지루하게."

그러자 혈우마령이 피식 웃었다.

"이제 기분 좀 풀리셨습니까?"

"풀릴 게 뭐가 있느냐. 그냥 지루해서 그랬을 뿐이야. 하지만 이제 지루할 틈이 없을 테니까, 그것으로 된 거지."

혈우마령이 고개를 크게 끄덕였다.

"그래요. 형님께서는 그럼 된 거군요. 그러면 철리패 그 녀석이 외팔이가 된 걸 보고 기분이 풀린 건 저 뿐인 거죠?"

괴겁마령이 입을 쩝쩝 다셨다.

"언제 오려나?"

그러며 괴겁마령은 먼 하늘에 시선을 두었다.

그때였다.

하늘 위에서 뭔가가 반짝였다.

빛은 점점 커졌고, 새의 형태가 되어갔다.

오륜마교에서 대지급 급보가 보낼 때 사용하는 전서응인 신뢰적응(迅雷笛鷹)였다.

신뢰적응을 발견한 순간 괴겁마령의 입가에 환한 미소가 떠올랐다.

"드디어 집마맹주가 기회를 낚아챘군."

혈우마령이 빙긋 웃었다.

"앞으로 기회를 계속 낚아채겠죠."

"그렇지. 다 털릴 때까지."

그러며 괴겁마령은 신뢰적응을 향해 손을 뻗었다.

더 빨리 날아와 가져온 정보를 내려놓으라는 듯이……

†

현재의 집마맹, 아니 악마사원의 지류 자은마맥이 세상을 도모하기 위한 준비를 시작한 건 지금으로부터 삼십 년 전이다.

삼십 년 전의 무림은 제협회와 오륜마교가 없었다.

과거의 집마맹, 즉 악마사원의 또 다른 지류인 홍동마맥에 의재 지배받고 있었다.

그러니 자은마맥이 삼십 년 전에 세상을 도모할 준비를 시작했다는 건?

그렇다.

자은마맥의 당초 목표는 제협회와 오륜마교가 아닌, 그리고 수라천마도 아닌, 바로 과거의 집마맹 홍동마맥이었던 것이다.

어째서일까?

자은마맥과 홍동마맥이 악마사원이라는 몸통에서 뻗어나온 가지, 즉 형제와도 같은 관계이지만, 한 하늘을 이고 살 수 없는 원수이기도 하기 때문이었다.

세상은 알지 못했지만, 자은마맥과 홍동마맥은 악마사원의 진정한 종주를 가리기 위해, 은밀한 전쟁을 벌여 왔었다.

서로를 너무 잘 알기에 그들의 전쟁은 치열할 수밖에 없었다.

그들의 전쟁은 이백 년이라는 길고 긴 시간동안 이어졌다.

그러다 백여 년 전 홍동마맥이 승리하며 종지부를 찍었고, 패배한 자은마맥의 생존자들은 피눈물을 흘리며 어둠 속에 숨었다.

하지만 끝이 아니었다.

자은마맥의 생존자들은 갖은 고생과 수고를 무릅쓰며 과거의 영화를 되찾기 위해 애썼고, 결국 칠십 년 정도의 시간이 흘렀을 때는 몰락하기 전과 비등한 정도의 세력을 이룩하고 말았다.

자은마맥은 이제 복수를 시도해도 되겠다는 판단이 섰고, 홍동마맥과의 전쟁을 다시 시작하려 했다.

하지만 홍동마맥은 그 칠십 년동안 너무도 거대해져 있었다.

홍동마맥은 집마맹이라는 이름으로 세상을 장악해 버린 것이었다.

칠십년동안 홍동마맥과의 격차가 절망적으로 벌어지고만 것이다.

하지만 자은마맥은 포기하지만은 않았다.

본래 큰 것은 강하지만, 둔하기도 한 법이다.

그러니 찌를 틈이 더 많을 수 있었다.

하지만 제대로 찔러 단숨에 명줄을 끊어야 했다.

실패하면 자은마맥은 다시 몰락의 길로 들어설 테니까.

숨통을 가를 수 있는 단 한 번의 기회!

그 한 번의 기회를 얻기 위해 자은마맥은 홍동마맥을 주시했다.

그렇게 이년의 세월이 흘렀다.

자은마맥은 결국 홍동마맥과의 전쟁을 포기하기로 결정했다.

이길 방법을 찾을 수가 없었다.

집마맹이라는 이름을 내걸은 홍동마맥은 이미 세상 그 자체였기 때문이었다.

천마재생

하기에 자은마맥은 그들의 승부를 세월의 힘에 맡기기로 결정했다.

꽃은 아름답지만 열흘을 넘기지 못한다.

그러니 홍동마맥의 영광은 언젠가 흐릿해지고, 결국 빛이 바래고 말 것이다.

그때 전쟁을 시작하자.

수십 년이 흐를 지도 모른다.

아니, 수백 년이 걸릴 지도 모른다.

하지만 버티자.

기다리자.

그 날을.

이것은 포기가 아닌, 또 다른 도전이다.

자은마맥은 스스로에게 그렇게 비겁한 위로를 하며 홍동마맥이 결코 찾을 수 없는 더욱 깊은 어둠 속으로 숨으려 했다.

그때 세상에 한 사내가 나타났다.

그 사내는 자은마맥이 포기해버린 홍동마맥과의 전쟁을 시작했다.

처음에는 아무도 그 사내를 주목하지 않았다.

그저 그러려니 했다.

하지만 수십 일이 지나자, 그 사내를 말하지 않는 사람은 아무도 없었다.

그리고 팔년이 지났을 때엔 사내는 자신이 무너트린 홍동마맥의 총단 위에 서 있었다.

그렇게 사내는 신화가 되어 있었다.

수라천마 장후라는 이름의 신화가!

그리고 사내는 사라졌다.

아니, 죽어버렸다.

믿었던 수하들이 움켜쥔 배신의 칼에 등을 찔리고, 비겁한 정사양도의 고수들의 급습에 쫓기다가 황산 어딘가에서 세상을 저주하며 죽었다고 했다.

고작 팔년 동안 벌어진 일이었다.

자은마맥의 맥주는 수라천마의 탄생과 죽음을 그저 지켜만 보았었다.

너무도 경이로운 사람이었다.

어떻게 저런 자가 있을 수 있을까?

어떻게 저런 자가 죽을 수 있을까?

자은마맥주는 그가 세상을 종횡하면서 기적같은 성과를 이룰 때면 마치 자신처럼 흥분했고, 그가 죽었을 때에는 슬픔과 허탈함을 느껴야 했다.

왜 그랬을까?

당시에는 몰랐다.

하지만 지금은 알겠다.

"당신은 내게 우상이었습니다."

자은마맥주가 하는 말에 남장후는 피식 웃었다.

"우상?"

"네. 우상이었습니다. 저는 당신이고 싶었습니다. 그래요, 어쩌면 처음 무림을 제패하겠다는 야심을 품었던 건, 당신을 죽인 무림에 복수를 하겠다는 생각 때문이었는지도 모르겠습니다."

남장후가 어이없다는 듯 고개를 절레절레 저었다.

"나의 복수?"

자은마맥주는 어깨를 으쓱했다.

"당신은 제게 우상이었다니까요."

"뭐, 세상에 나쁜 놈들은 다 나를 꿈꾸더군."

"허허허허헛. 그렇습니까? 저는 그 중에서도 손꼽히는 나쁜 놈이겠군요. 전 또 다른 당신이 되려 했습니다."

남장후의 눈매가 살짝 좁아졌다.

"또 다른 나?"

'이런!'

자은마맥주는 자신이 말실수를 했음을 깨달았다.

이 느슨한 분위기로 인해, 해서는 안 될 말을 하고 말았다.

이로 인해 숨기고 숨긴 최후의 한 수가 들통이 날지도 모른다.

자은마맥주는 평소와 다름없는 표정과 말투로 말했다.

"당신이 없는 무림을 당신처럼 다스려보겠다는 것이었 죠."

남장후는 코웃음쳤다.

"그랬다면, 내가 죽고, 무림이 제협회와 오륜마교가 설 립되기 전, 그 뜬 시기를 노렸어야지. 자은마맥이라면 당 시의 혼란한 정국을 정리하고 단숨에 무림을 제패할 수 있 었을 텐데."

자은마맥주는 답답한 한숨을 내쉬었다.

"하아, 맞습니다. 그랬어야 했죠. 시기를 놓친 이유는 두 가지입니다. 첫 번째가 시간은 충분하니 상황의 변화를 주시하면서 최적의 시기를 가지려 했습니다. 하지만 무림 을 너무 경시했던 것이죠. 무림이 그토록 빠르게 양분화 하여 안정을 찾을 줄을 몰랐습니다."

"두 번째는?"

"바로 당신입니다. 당신의 죽음을 믿을 수가 없었습니 다. 당신이 죽은 게 아니라, 죽음을 가장하고 뭔가를 꾸미 고 있는 건 아닐까를 의심했습니다. 그렇기에 당신이 죽었 다는 확신이 필요했습니다."

"다 나 때문이라는 듯 말하는 군."

"맞습니다. 다 당신 때문이지요."

"그 외에 다른 이유는 없었나?"

남장후가 묻는 말에 자은마맥주는 쓴웃음을 지었다.

천마재생

"더 있었으면 좋겠습니다. 실패의 원인이란 많을수록 위로가 되니까요."

말은 그리 했지만, 다른 이유가 하나 더 있기는 했다.

바로 그 시기에 자은마맥쥬는 그들의 천마를 발견했었다.

그렇기에 천마를 부활시키고자 욕심을 냈고, 그로 인해 무림을 도모할 시기를 놓치고 말았다.

흥분으로 인해 눈이 가려져 우선순위를 제대로 따지지 못한 탓이었다.

자은마맥의 힘으로 무림을 제패한 다음 천마를 부활시키면 되었을 텐데…….

뼈아픈 실수였다.

남장후가 말했다.

"시간이 되었군. 죽을 때야."

"그렇습니까? 이번에는 황성 내의 협력자 명단을 드리죠. 이번엔 며칠입니까?"

"이틀."

"그래요? 대신 적어드리는 시간은 빼주십시오. 좀 많거든요."

"그 정도는 들어주지."

자은마맥쥬는 넙죽 고개를 숙였다.

"감사합니다."

남장후는 피식 웃었다.

"감사할 것까지야. 그런데 아직도 내가 우상인가?"

자은마맥주는 고개를 저었다.

"아니요."

그러며 남장후를 똑바로 노려보더니 힘주어 말했다.

"당신은 마귀입니다."

마귀.

자은마맥주는 마귀의 존재를 믿지 않았다.

하지만 믿지 않는다고 해서 존재하지 않는다고 확신할 수는 없었다.

그렇기에 자은마맥주는 언젠가 한 번 스스로에게 이런 질문을 던져 보았다.

마귀라는 게 있다면, 어떠한 모습을 하고 있을까?

사람들이 말하는 마귀라는 가상의 존재와 가장 유사한 것은 무엇일까?

답은 어렵지 않게 나왔다.

바로 자은마맥주 자신이었다.

하지만 최근 그는 그 답을 바꾸었다.

'수라천마.'

마귀라는 게 있다면, 바로 이 사람 수라천마 장후일 것이다.

자은마맥주가 남장후와 함께 한지 보름이 되었다.

그 동안 자은마맥주는 삶을 연명하기 위한 대가로 무림 내에 존재하는 자은마맥의 비밀세력과 협력자의 정보 중 팔할을 내어주어야 했다.

처음에는 눈물이 날만큼 굴욕적이었지만, 보름이 지난 지금에 오니 그저 담담하기만 했다.

당연히 그래야 하지 않나, 싶을 정도였다.

어째서일까?

자은마맥주는 자신이 그렇게 변한 이유를 모르지 않았다.

보름동안 남장후에게 세뇌당한 것이다.

사람이란 삶의 끝에 놓이면 가치관이 흔들리고, 사고는 편협해진다.

그때 누군가 정보를 주입하면 본래의 잣대를 대신하게 된다.

지금 자신이 그러한 상태임을 자은마맥주는 알고 있었다.

하지만 안다고 해서, 벗어날 수 있는 건 아니다.

자은마맥주는 죽음이라는 벼랑 끝에서 내려온 삶의 끈을 붙잡았고, 그 끈의 반대편은 남장후가 쥐고 있었다.

그러니 남장후에게 잘 보이게 된다.

그가 벼랑으로 몰아넣은 당사자임을 알면서도 자신을

살릴 구원자라고 혼동하게 된다.

그러니 보름이 지난 지금, 자은마맥주는 목줄이 매달린 사냥개처럼 굴고 있는 자신을 발견할 수 있었다.

이따금 본래 자신의 정신이 돌아올 때면, 미칠 것 같았다.

이따금 차라리 죽고 싶었다.

지금 자신의 모습은 살아도 산 것이 아니었기에.

그리고 이렇게 삶을 연명한다고 해도, 대가로 지불할 정보가 사라지면 어차피 남장후의 손에 죽게 될 것이기에.

하지만 견뎌야 했다.

'마지막 한수!'

그것이라면 지금의 상황을 역전시킬 수가 있을 테니까.

자은마맥주는 비싼 대가를 지불하여 얻는 짧은 시간을 온전히 달리는 데 소비했다.

달리고 또 달렸다.

어느새 장성을 넘어 보이는 건 지평선뿐인 광활한 초원에 이르렀고, 초원마저 지나쳐 풀 한 포기 없는 사막에 이르렀다.

하지만 자은마맥주는 발을 멈추지 않았다.

목적지는 아직 멀었으니까.

수라천마에게 내어줄 것이 다 사라지기 전에 얼음의 땅에 이르러야 한다.

그곳에 있을 자은마맥의 본거지에 도달하여야만 한다.

그게 남장후가 원하는 바임을 알지만, 상관없었다.

도착하는 순간 남장후는 재앙같은 힘으로 자은마맥의 본거지를 불태우고 무너트리고 부숴버릴 테지만, 전혀 상관없었다.

자은마맥 안에 숨겨진 마지막 한 수.

그것에 접근할 수만 있다면 다 없어져도 된다.

그 마지막 한 수를 꺼낸다면 수라천마를 죽일 수 있을 테니까.

그 후 잃은 모든 걸 되찾으면 된다.

자신이 수라천마에게 당한 방식 그대로로.

'마귀의 방식으로!'

볼에 닿는 바람이 차갑다.

자은마맥주는 소리 없이 웃었다.

이 차가운 바람은 이제 얼마 남지 않았으니 조금만 더 힘을 내라며, 응원해주는 것만 같았다.

자은마맥주는 힘이 샘솟는 기분을 느끼며 속도를 배가했다.

그렇기에 그는 볼 수가 없었다.

조금 뒤로 쳐진 남장후 역시 소리 없이 웃고 있음을……

전면에서 쏟아지는 바람이 점점 더 차가워진다.

아니, 이제는 차가운 정도가 아니었다.

얼음덩어리를 칼날보다 얇게 잘라 마구 던져오는 것만 같았다.

그럴수록 집마맹주는 더욱 더 속도를 높였다.

얼마 지나지 않아, 황무지는 사라지고 순백의 땅이 모습을 드러냈다.

그 순간 뒤쳐진 남장후는 웃는 낯으로 작게 속삭였다.

"추수를 할 때가 왔군."

천마
재생

第八十五章.

들어주마

第八十五章.

들어주마

모든 것이 하얗게 얼어붙어 있다.

이 순백의 세상은 분명 아름답다. 하지만 그저 아름답기만 할 뿐이다.

변함이 없고, 변화가 없다.

그저 이대로 고정되어 있다.

이 대지는 영원토록 이 모습 이대로 머물러있을 것이다.

이 순백의 대지는 자신의 미모를 더럽히는 그 어떠한 존재도 허락하지 않으니까.

그렇기에 불멸(不滅)하다고 할 수 있지만, 불모(不毛)하다고 할 수도 있다.

천마재생

하지만 그렇다고 해서 생명이 아예 존재하지 않는 건 아니다.

태어나지는 않지만, 들어서기는 한다.

이 얼어붙은 땅이 아니면 어디에도 살아갈 수 없는 불행한 것들이 이따금 몰려든다.

이 척박한 곳이 아니면 어디에도 몸을 누일 수 없는, 패배한 것들이 둥지를 트고는 한다.

그리고 얼마 버티지 못하고 얼어버린다.

그렇게 생명은 아무도 찾지 않은 동상이 되어 이 얼어붙은 대지의 빈틈을 채운다.

하지만 간혹, 아주 간혹 살아남은 것이 있다.

아름다운 죽음의 대지에 적응하고, 살아갈 수 있도록 바꾸고 자라며 늘여가는 것이 있다.

무려 백 년이라는 긴 세월동안 버티고 성장한 생명체의 둥지, 그것을 그들 스스로는 자은빙궁(紫銀氷宮)이라고 불렀다.

그건 기적이라고 할 만한 역사였다.

대체 어떻게 그럴 수 있었을까?

그들이 자은마맥의 마인들이었기에 가능했던 건지도 모른다.

아니면 홍동마맥을 향한 원한과 복수를 위한 갈망을, 생존을 위한 원동력으로 삼았기에 가능한 일이었는지도 모른다.

이유가 어찌되었든 그들은 살아남았고, 살아가고 있었다.

하지만 그들이 이루어낸 기적의 역사는 곧 끝을 고할 것이다.

이제 그들은 이 지긋지긋한 동토를 버리고, 따뜻하고 부드러운 햇살이 쏟아지는 남쪽 땅으로 내려갈 테니까.

그리고 그 곳에 존재하는 모든 것을 약탈하고 지배함으로써, 지난 백 년의 굴욕적인 삶을 보상받을 것이다.

'그 날이 얼마 남지 않았어.'

빙굴 속에 버티고 있는 자은빙궁 수문대 소속의 보초는 그런 희망찬 미래를 그리며 차가운 몸을 덥히기 위해 애썼다.

하지만 소용없었다.

너무나 춥다.

아무리 내공을 휘돌려도 몸은 차갑게 굳어만 가고 있었다.

눈을 슬슬 감기고, 심장의 박동은 느려져만 간다.

그럴 만 했다.

그가 이 빙굴 안에서 머문 지 사흘이나 되었으니까.

'교대가 올 때가 지났는데…….'

아무리 자은마성의 마인이라고 해도, 이 추위 속에서 사흘이상 버티는 건 무리였다.

그렇기에 사흘을 주기로 보초병력은 교대해 왔는데, 아직 도착하지 않고 있었다.

어쩌면 교대위사가 가기가 싫다며 미적이고 있어서겠지.

자신도 그랬었으니까.

하지만 입장이 바뀌니 생각은 다르다.

'빌어먹을. 어떤 자식인지 죽여 버릴 거야.'

원한은 힘이 된다.

복수는 삶의 원동력이다.

그게 자은마맥의 마인들이 살아가는 방식이다.

보초는 자꾸 잠기려는 눈을 힘주어 뜨며 교대 올 보초를 죽일 계획을 하늘 위에 그려보기 시작했다.

그때였다.

'응?'

멀리 지평선 끝 쪽에서 뭔가 반짝인다.

그 빛은 하얗게 물든 대지의 색과 흡사하여, 잘 알아볼 수 없었다.

누가 보았다고 해도, 그저 햇살이 반사되는 것이라고 여길 것이었다.

하지만 보초만은 그 빛이 자연스러운 현상이 아님을 알고 있었다.

이 동토 곳곳에 설치된 자은마맥 경계처소 간에 연계신호이니까.

빛은 켜지고 꺼지기를 반복하며, 수문대 소속 마인만이 알아볼 수 있는 의미를 만들어갔다.

보초의 눈이 휘둥그레졌다.

"적습?"

잘못 해석한 걸까?

그래, 그럴 것이다.

적습이라니.

'말도 안 돼.'

자은마맥이 이곳에 자리 잡은 백년의 세월동안 몇 차례 내분을 겪은 적은 있지만, 습격을 당한 적은 없었다.

자은마성의 존재가 알아챈 이들이 없기도 했지만, 만약 들켰다고 하여도 적이 쳐들어 올리는 없었다.

이곳까지 이르는 동안의 보급선은?

전력의 이동로는?

적들이 이곳까지 오는 것만으로도 만반의 준비를 해야만 했다.

그러니 급습 자체가 불가능하다.

그래. 신호를 잘 못 읽은 거다.

아니지. 저쪽에 은신한 보초가 잘 못 보낸 것이겠지.

'미친 놈.'

어떤 놈인지 모르지만, 이 오보의 대가로 목숨을 내놓아야 할 것이다.

하지만 그 덕분에 잠이 달아났으니, 고맙다고 해야 하나?

다시 빛이 반짝인다.

보초는 놀라 외쳤다.

"뭐? 빙은(氷銀)?"

자은마맥의 경계체제는 다섯 단계로 나뉜다.

그 중 빙은이라는 신호는 최상위 경계체제이다.

그러니 조금 전의 신호와 합쳐서 해석하면, 급습한 적이 강대하니 멸문을 당할지 모를 위기상황이 닥쳤다, 라는 뜻이나 다름없었다.

보초는 자신도 모르게 벌떡 일어섰다.

"저 녀석, 미친 건가?"

간혹 보초가 추위를 버티다 못해 미쳐버리는 경우도 있다.

저쪽 경계처소에 있는 보초 놈이 그런가 보다.

어찌되었건 신호는 무조건 뒤쪽 경계처소로 전달해야만 했다.

그게 수문대의 철칙이니까.

뒤에 앞 처소 놈이 미쳤다, 라는 신호 하나만 덧붙이면 된다.

그러면 저 앞에 미친놈은 제정신을 차릴 만큼 고문 받다가 죽게 될 것이다.

보초는 받은 신호를 전달하기 위해 장비에 손을 가져갔다.

그때였다.

공중에서 푸른 빛 한 줄기가 신호를 보내온 처소 쪽으로 내렸다.

그러자 처소가 있던 자리가 봇물처럼 튀어 나올랐다.

보초는 그 사이에 섞여 흩어지는 새빨간 액체를 볼 수 있었다.

"뭐, 뭐야?"

보초는 하늘을 향해 고개를 들어 올렸다.

하늘 위에 새라고 여겨지는 두 개의 점이 보인다.

그 중 하나가 파랗게 반짝였다.

그 순간, 빛살이 튀어나와 보초가 있는 방향을 향해 날아왔다.

"저, 적습?"

잠시 사이 그의 시야는 푸르게 물들었다.

"지, 진짜였어?"

콰아아아아아아앙!

†

남장후는 자신이 조금 전 없애버린 경계처소를 지나쳐 날아가며 속삭이듯 말했다.

"아쉽겠어."

자은마맥주는 씁쓸한 표정으로 고개를 저었다.

"아쉬운 정도가 아닙니다."

그러자 남장후는 픽하고 웃음을 뱉었다. 그리고 물었다.

"언제 신호를 보낸 거지?"

"당신께서 짐작한 그때 보냈습니다."

"내가 뭘 짐작했는데?"

"나야 모르지요."

남장후가 입 꼬리가 올라갔다.

"내가 지금 너랑 농담이나 하자는 거 같아?"

그 순간 자은마맥주의 얼굴이 딱딱하게 굳었다.

남장후가 피식 웃었다.

"묻잖아, 농담하자는 것 같냐고."

"모르겠습니다."

"그래. 넌 몰라. 모르니까 물으면 묻는 대로만 말해. 뭘
그리 엿보려고 해. 신호는 언제 보낸 거지?"

"사흘 전, 잠시 쉬었을 때……."

퍽!

하늘을 날던 자은마맥주가 끈 떨어진 연과 같이 나선을
그리며 바닥을 향해 떨어져갔다.

그 위로 남장후가 화살이 되어 뻗었다.

퍼억!

남장후의 발길질에 얻어맞은 자은마맥주가 일직선을 그리며 땅으로 낙하했다.

　콰아아아앙!

　자은마맥주는 웅덩이를 만들어내며 그 안에 틀어 박혔다.

　그 위로 남장후가 유성처럼 내려앉았다.

　콰아아아아앙!

　자은마맥주의 입이 찢어질 듯 벌어졌다.

　"크아아아아아아아아악!"

　처절한 비명이 튀어 나온다.

　그답지 않았다.

　자은마맥주는 목에 칼이 들어와도 담담히 웃어넘기는 사람이었다.

　아프면 노래를 부를 수는 있어도, 비명을 지르는 사람이 아니었다.

　지금껏 겪어본 적 없을 만큼 고통스럽기 때문일까?

　그도 아니었다.

　자은마맥주라는 지위는 그저 운이 좋아서 얻을 수 있는 게 아니었다. 수없는 배신과 도전에 직면했고, 그 중 몇 번은 당해 죽을 뻔도 했었다.

　그 모든 위기를 이겨냈다는 건, 이 정도의 고통은 수없이 겪어 봤다는 이야기나 다름없었다.

그럼 왜일까?

남장후 때문이었다.

그가 아프게 만들었다.

이 정도의 고통을 참을 수 없도록 만들어 버렸다.

이곳에 오기까지 걸린 이십 일 동안 남장후는 자은마맥주에게 계속 말을 걸어왔다.

거의가 시시껄렁한 잡담이나 농담에 불과했었기에, 자은마맥주는 경계치 않고 맞받아치거나, 웃음으로 응해주었다.

하지만 지금 돌이켜보니, 모두 의도한 대화였던 듯하다.

대화의 맺음은 언제나 자은마맥주의 좌절감을 건드렸고, 패배감을 일으켰다.

이십 일 동안 자은마맥주는 그 대화의 늪에 빠져들어 무기력해져만 갔다.

자은마맥주는 사흘 전에야 깨달을 수 있었다.

남장후 자신의 육체가 아니라, 의식을 망가트렸다는 것을.

의지는 사라지고, 가치관은 무너져 버렸다.

그 자리를 패배의식과 좌절, 무력감이 대신 차지했다.

그렇기에 이 정도 고통을 참지 못해 비명을 질러대는 것이다.

'마귀다.'

마귀라고 할 수 밖에 없다.

자은마맥주의 몸을 짓이기듯 밟아대던 남장후나 한 걸음 뒤로 물러나더니, 손을 뻗어 머리를 집어 들었다.

"네가 왜 맞는 것 같아?"

"제대로 말을 하지 않아서겠지요."

"아니. 그냥 내가 때리고 싶으니까 맞는 거야."

말도 안 되는 소리이다.

하지만 자은마맥주는 알겠다는 듯 고개를 끄덕였다.

"그렇군요. 맞을 만 했군요."

자은마맥주는 충분히 그럴 만하다고 느꼈다.

그리고 이렇게 얻어 맞는 게 당연하다고 여겨졌다.

납득할 수가 없는데, 수긍하게 된다.

화가 나야 하는데, 안심하게 된다.

자은마맥주는 미칠 것만 같았다.

아니, 이미 미친 건지도 몰랐다.

머리가 몽롱하고 어지럽다. 흐릿한 구름이 가득 낀 것만 같다.

머리를 쪼개서 그 안에 구름을 끄집어내야만 맑아지지 않을까?

'안 돼. 당해서는 안 돼!'

자은마맥주는 거칠게 고개를 도리질쳤다.

그 순간 남장후가 가볍게 탄성을 뱉었다.

천마재생

"자은마맥의 맥주다워. 하기야 강호제패를 시도하려면 이 정도는 되어야지."

자은마맥주의 눈시울이 붉어졌다. 기뻐서 눈물이 나려 했다.

칭찬이라기보다 조롱이라고 할 수 있는 저 몇 마디 말에 이리 기뻐하는 자신이 저주스럽다.

남장후가 말했다.

"언제 신호를 보냈다고?"

"이틀 전, 제가 손목을 비틀었을 때입니다."

"그래. 그때였어."

"네. 거짓을 고해서 죄송합니다."

"그럴 수도 있지. 다음부터 그러지 않으면 돼."

"네, 용서해주셔서 감사합니다."

"아! 다음이 없겠구나? 죽을 때이네?"

자은마맥주의 눈이 휘둥그레졌다.

"어? 벌써 그렇게 되었습니까?"

"자. 죽기 싫으면 내놓아야지?"

자은마맥주의 전신에서 식은땀이 흘러나왔다.

"어, 없습니다."

그러자 남장후의 눈매가 좁아졌다.

"없어? 또 이러네."

자은마맥주가 힘없이 속삭였다.

"이제 정말 아무것도 없습니다."

그는 살기 위해, 중원 내의 기반을 모조리 토설하고 말 았다.

그도 부족하여 자은마맥의 세력도와 인원수, 체제, 그리 고 자은빙성의 구조까지 모두 말할 수밖에 없었다.

그러니 이제 아무것도 없었다.

한 가지만을 제외하고는……

'우리의 천마.'

그건 차라리 죽으면 죽었지 말할 수 없다.

마지막 한 수이자, 최후의 보루였으니까.

'한 시진만 버티면 되는데……'

아니, 반시진이면 충분하다.

그러면 살 수 있는데……

남장후의 눈이 가늘어졌다.

"정말 없어?"

남장후의 손이 천천히 자은마맥주를 향해 움직였다.

자은맥주는 초조함을 숨기지 못하고, 입만 더듬더듬 거 렸다.

하지만 나오는 말은 아무것도 없었다.

그 사이 남장후의 손은 계속 움직여 자은마맥주의 목 앞 에 이르렀다.

그때였다.

우르르르르르르.

기이한 소리가 땅 밑에서 흘러나온다.

얼어붙은 대지가 잠에서 깨어 칭얼거리는 것만 같았다.

남장후는 자은마맥주의 목에 거의 닿도록 뻗었던 손을 멈추고, 고개를 내렸다.

"뭐지?"

갑자기, 땅이 덜덜거리며 흔들렸다.

동시에 남장후가 위로 쓱 올라갔다. 그 스스로 몸을 날린 것이 아니라, 그가 디디고 선 땅이 쩍 갈라지더니, 위를 향해 솟구쳤기 때문이었다.

그 순간 자은마맥주의 눈동자가 반짝였다.

'여기가 파빙혈이었구나!'

이 땅은 흙이 아닌, 바닷물이 얼어붙어 만들어진 대지.

때문에 두께가 일정치 않아, 지반이 약한 곳이 꽤나 많았다.

자은마맥은 그러한 지점(地點)을 파빙혈이라고 불렀는데, 바로 남장후가 그를 땅에 박아 넣은 곳이 바로 그곳이었다.

파빙혈에 충격을 가하면 대지가 요동치며 갈라져, 일부는 솟구쳐 올라 자그마한 산의 형상을 이루거나, 다른 일부는 이 땅 밑에 흐르는 바다 속으로 가라앉는다.

지금이 바로 그러했다.

남장후는 살짝 당황한 기색을 보였다.

하기야 아무리 수라천마가 전지전능에 가까운, 살아있는 신이라고 불러도 어색하지 않은 존재라고 해도 이 대지의 특성만을 알 수 없었을 것이다.

그건 이 대지에서 태어나고 살아온 자은마맥의 마인들만이 알 수 있는 부분이니까.

우연이라지만, 기회였다.

이 기회를 놓칠 수는 없었다.

자은마맥주는 은황신마력을 두 손으로 이동시켜 단숨에 내뿜었다.

남장후가 아닌, 자신의 발이 디디고 있는 바닥을 향해서!

콰아아아아아앙!

굉음과 함께 바닥이 사방으로 터져 나갔고, 칠팔 장 길이의 둥근 구멍을 생겼다.

구멍의 끝에는 푸른 물이 일렁거리고 있었다.

바다까지 뚫어낸 것이었다.

자은마맥주는 은색의 빛살이 되어 그 구멍 안으로 사라졌다.

동시에 남장후가 빛살이 되어 그를 쫓았다.

155

천마재생

쇄애애애애액!

자은마맥주의 발이 바닷물에 닿은 살짝 젖은 순간, 남장후의 손은 그의 머리카락에 거의 닿아있었다.

자은마맥주는 체내에 남아있는 진력을 짜내듯 모아 속도를 배가했다.

쇄애애애액!

덕분에 자은마맥주는 무사히 목까지 바닷물 안에 잠길 수 있었다. 하지만 그 사이 남장후의 손가락은 거의 그의 눈동자 앞에 닿아있었다.

손가락 너머, 희미한 미소를 입가에 그리고 있는 남장후의 얼굴이 보인다.

자은마맥주는 아찔함을 느꼈다.

죽는구나!

그때였다.

우르르르르르릉.

굉음과 함께 다시 대지가 흔들렸고, 그로 인해 남장후의 동작이 살짝 뒤틀렸다.

스윽.

남장후의 손끝이 자은마맥주의 오른쪽 눈동자를 스치고 지나갔다.

그 순간, 자은마맥주의 눈동자를 터지며 핏물을 뿜었다.

하지만 자은마맥주는 아픔보다는 오히려 기쁨을 느꼈다.

오른 눈을 빼앗기고 말았지만, 그 사이 그의 몸은 바닷물 속에 잠길 수 있었기 때문이었다.

"이런!"

당황한 남장후의 한 마디가 자은마맥주의 귀에 흘러들었다.

'살았다!'

자은마맥주는 빠르게 손발을 놀려 바다 속으로 내려갔다.

남장후의 손에서 벗어나기는 했지만, 안심할 수는 없었다.

호흡이 다 하기 전에 가장 가까이 있는 파빙혈을 찾아내어 뚫고 올라가야만 했다.

본래 자은마맥주가 이 바다 안에서 버틸 수 있는 시간은 한 시진.

하지만 상처로 인해 반 시진 이상은 무리인 듯싶었다.

그 시간 안에 파빙혈을 찾아내어 뚫고 올라갈 수 있을까?

'할 수 있어!'

자은마맥주는 다짐했다.

남장후의 손아귀에서 벗어날 수도 있었는데, 그 정도를 못할까!

천마
재생

'그래, 한다!'

하고 만다!

그럼으로써 나라는 길잡이를 잃은 수라천마가 이 대지 위를 헤매는 사이, 먼저 자은빙성에 도착할 것이다.

그리고 자은빙성의 최심부에 숨겨져 있는 우리의 천마를 깨울 것이다.

그리고…….

'복수를!'

물고기를 잡으려 던진 작살처럼 빠르게 유영하는 자은 마맥주의 하나 뿐인 눈동자가 시리도록 밝은 빛을 발했다.

†

오래 전부터 전해지는 이야기에 따르면, 이 대륙의 최북 단의 어딘가에는 새하얀 보석으로 이루어진 거대한 산이 하나 있다고 한다.

그 산의 이름은 백풍운총(白風雲塚)라고 하는데, 그 이 유는 멀리서 보면 구름과 같은 형태처럼 보이는 새하얀 바 람이 산을 맴돌고 있기 때문이었다.

그 광경은 지극히 아름다워, 신선이 사는 산이라고 여겨 지고 있었다.

정말 보석으로 이루어졌는지, 혹은 정말 신선이 살고 있는지를 확인하기 위해 다가가서는 안 되었다.

백풍운총을 중심으로 휘도는 새하얀 바람은 닿는 건 무엇이라고 얼음가루로 만들어버리니까.

하지만 그 새하얀 바람을 뚫고 안으로 들어설 수만 있다면, 경이로운 광경을 볼 수 있으리라.

내부가 고스란히 드러나 보이는 투명한 얼음으로 만들어진, 거대하고 웅장한 성의 모습을!

그리고 그 안에서 돌아다니며 무림제패를 준비하는 수천 명의 사람들을.

이 성의 이름은 자은빙성!

이 아름다운 성이 바로 백년 동안 숨겨져 있던 자은마맥의 본거지였다.

자은빙성의 전모가 한 눈에 바라보이는 곳, 한 사내가서 있다.

입은 옷은 찢기고 갈라진 대다가 얼어붙기까지 해서, 툭 건드리면 부서져 내릴 것만 같았다.

얼굴은 얼어붙은 핏물이 달라붙어 섬뜩한 느낌을 자아냈다.

그가 바로 저 아름다운 투명한 성, 자은빙성의 주인인 자은마맥주였다.

자은마맥주가 이곳을 떠난 건 지금으로부터 두달 쯤 전이었다.

떠나던 당시 그는 다시 돌아올 때엔 수라천마의 목을 한 손에 들고 있을 것이라고 여겼다.

미리 소식을 들은 수하들이 빙성 밖으로 나와 환호하며 자신을 맞이할 것이라고 여겼다.

그러면 삼십 일 정도 연회를 벌이려고 했다.

빙성 안에 물자가 모두 고갈될 때까지 먹고 마시며 웃고 떠들게 하려 했었다.

그리고 연회가 끝나면 바로 수하들을 이끌고 남쪽으로 향하려 했다.

그랬었다.

이토록 초라한 모습으로 쫓겨 돌아오게 될 줄은 몰랐었다.

오른쪽 눈이 있던 자리가 부위가 아프다.

고통이 수라천마를 떠올리게 하니, 더욱 괴롭다.

빠드드득.

이가 갈렸다.

'이럴 때가 아니지.'

시간이 없었다.

아직 수라천마가 도착하지 않았다는 건, 지금 보는 광경 만으로도 알 수 있었다.

다행이었다.

만약 도착한다고 하더라도, 상당한 시간을 벌 수 있을

것이다.

수라천마는 분명 혼자였다.

지난 이십 일동안 자은마맥주가 가장 중점적으로 관찰한 건, 그 부분이었다.

아무리 수라천마라고 하여도 홀로 자은마맥 전체를 감당할 수는 없을 테니까.

혹시 그럴 수 있다고 하여도 그런 위험을 감수하지는 않을 것이다.

그러니 그는 자은빙성에 도착하면, 자은빙성을 살피며 공략할 방식을 계획하면서 중원에서 지원세력이 도착하기를 기다리려 했겠지.

하지만 이렇게 내가 그의 손아귀를 벗어났으니, 그는 무리수를 던질 가능성도 있었다.

'그러니, 서둘러 나의 천마를 깨워야 해!'

자은마맥주는 손을 뻗었다. 그의 손끝에서 하얀 빛이 맺혔다가 사라지기를 반복했다.

자은마성의 마인만이 알아볼 수 있는 신호로, 적의 급습이 있을 것이니 최고의 경계체제를 이루라는 의미를 담았다.

크르르르르르르릉.

괴음과 함께 투명하여 안이 비치던 자은빙성이 새하얗게 변해갔다.

신호를 받았다는 뜻이기에, 자은마맥주는 손을 내렸다.

그리고 몸을 돌리더니, 자은빙성의 대문 쪽이 아닌 왼쪽으로 향해 몸을 날렸다.

오직 그 만이 아는 자은빙성의 최심부로 이어지는 비밀 통로가 그 방향에 숨겨져 있기 때문이었다.

†

거대한 얼음의 감옥 안, 수백 명의 여인이 알몸으로 갇혀 있다.

여인들은 대부분 수태(受胎)를 했는지, 아랫배가 볼록했다.

아이를 가졌다는 건 아름다운 일이지만, 이 많은 임부(妊婦)들이 알몸으로 이렇게 갇혀 있는 광경은 아름답다고 여길 수 없었다.

스르르르릉.

문이 열린다.

그 사이로 한 사내가 모습을 드러냈다.

바로 자은마맥주였다.

임부들은 그가 감옥 안으로 들어섰음에도 아무런 관심을 보이지 않았다.

바라보지도 않았다.

그저 멍하니 앉아만 있었다.

마치 넋이 빠진 것만 같다.

자은빙성 최심부에 위치해 있는 이 감옥은 산은궁(産銀宮)이라 불리는데, 자은마맥의 근간이라고 할 수 있을 만큼 중요했다.

여인들은 중원각지에서 납치되어 오직 자은마맥의 마인과 교합하여 잉태하고 출산하기 위해 이곳에 수감되는데, 이 여인들이 낳은 아이가 다음 시대의 마인이 된다.

이 불모의 동토에 자리 잡은 자은마맥이 명맥을 이어가기 위해 선택한 가장 효율적인 방식이었다.

자은마맥주는 자신의 앞에 놓인 임부를 귀찮다는 듯 발길질로 거두어 내며, 앞으로 걸어갔다.

그런데 갑자기 어디선가 앵앵거리는 소리가 들렸다.

마치 고양이의 울음소리와 유사했다.

임부 중 누군가 출산을 한 모양이었다.

그때, 여인의 속삭임이 울렸다.

"아, 가. 내, 아, 가."

걷던 자은마맥주의 걸음이 뚝 멈췄다.

"응?"

자은마맥주는 속삭임이 들린 방향으로 고개를 돌렸다.

막 출산한 여인이 자신이 낳은 아이를 보듬어 안고 히쭉이고 있었다.

하나 남은 자은마맥주의 눈이 얇게 좁혀졌다.

"빙백침(氷魄針)이 빠진 건가?"

자은마맥은 납치해온 여인에게 빙백침이라는 침술을 시
행하는데, 그러면 여인은 이지를 잃는 대신 자은마맥의 마
공을 익히기에 최적화된 아이를 가질 수 있는 신체조건으
로 변한다.

그런데 간혹 빙백침이 빠지는 경우가 있었다.

막 출산한 여인이 그런 듯했다.

빙백침이 시술된 여인이 낳은 아이는 자은마맥이 의도
한대로 최상의 체질과 잔악한 인성을 가지고 태어나지만,
저렇게 빙백침이 빠져버린 여인이 잉태한 아이만은 예외
이다.

"불량품이군."

자은마맥주는 그렇게 속삭이며 자신의 아이를 따뜻한
눈으로 바라보며 쓰다듬고 있는 여인을 향해 오른손을 뻗
었다.

그리고 검지손가락을 세운다.

번쩍!

그의 검지 끝에서 은색 빛살이 튀어나와, 산모를 향해
뻗어나갔다.

퍽!

산모가 핏물을 뿜으며 뒤로 넘어갔다. 앵앵거리던 소리

가 멎었다. 아이의 가슴에 생긴 손가락만 한 구멍 때문이
었다.

자은마맥주는 되었다는 듯 손을 내리고 다시 앞으로 걸
어갔다.

그리고 산은궁의 끝에 이른 순간 벽면 이곳저곳을 마구
눌러댔다.

크르르르르르릉.

벽면이 갈라지며, 계단이 모습을 드러냈다.

자은마맥주는 기다렸다는 듯 바로 계단 속으로 사라졌
다.

그가 사라진 산은궁 안, 흐느끼는 듯한 숨소리가 울린
다.

자은마맥주에게 갓 태어난 아이를 잃은 산모가 아직 죽
지 않아 흘리는 비명과도 같은 흐느낌이었다.

산모 역시 폐부에 구멍이 나 있기에, 곧 죽음에 이를 수
밖에 없었다.

그럼에도 산모는 힘겹게 손을 움직여 죽어버린 자신의
아이를 찾았다.

하지만 아이의 시체는 그녀의 손이 닿지 않는 곳에 있었
고, 때문에 그녀의 힘겨운 손짓에 담긴 마지막 염원은 이
룰 수 없을 것 같았다.

그때였다.

천마재생

아이의 시체가 둥실 떠올라 죽어가는 산모의 품에 내려 앉았다.

그러자 산모의 창백한 얼굴에 희미한 미소가 어렸다.

"내, 아, 이."

사내의 목소리가 울린다.

"여인아, 바라는 게 있느냐? 무엇이든 말해 보거라."

여인이 힘겹게 고개를 저었다.

"아, 니. 감, 사⋯⋯."

그게 그녀가 이 생에 할 수 있는 마지막 몸짓과 말이었다.

그녀의 숨소리가 멎은 자리에 사내의 단호한 음성이 울린다.

"알았다. 들어주마."

동시에 새파란 눈동자 세 개가 뿜어내는 푸른빛이 빠르게 퍼지며, 산은궁을 가득 채워가고 있었다.

第八十六章.

내가 너에게 주는 기적이다

第八十六章.

내가 너에게 주는 기적이다

'응?'

자은마맥주는 섬뜩함을 느끼고, 걸음을 멈췄다.

갑자기 심장이 벌렁거린다.

모공이 벌어지며 굵은 땀방울이 솟구쳐 나온다.

이 기분, 뭐라고 해야 할까?

이와 비슷한 기분을 언젠가 느낀 적이 있었다.

십여 년 전인가, 연회자리에서 가당치도 않게 수하놈 하나가 흥을 돋우자며 도전을 청하였던 적이 있었다.

제 딴에는 눈에 띄고 싶거나 잘 보이고 싶기에 용기를 내었던 행동이었겠지.

연회석에 있던 모두가 어이없어 하였지만, 자은마맥주

천마재생

는 바로 허락하여 주었다.

당연히 수하 놈은 십여 합을 고작 버티더니, 역시 맥주님은 신능은 대단하십니다, 어쩌고 하는 칭송의 말을 떠들어대며 물러남을 청했다.

하지만 자은마맥주는 허락지 않았다.

너는 흥이 돋우었는지는 모르지만 난 아직 흥취에 젖지 않는 구나, 하며 비무를 지속했다. 아니, 일방적인 폭행을 가했다.

결국 자은마맥주가 흥취가 아닌 수하놈의 핏물에 온몸을 젖고서야 멈추었다.

당연한 일이었다.

감히 비무를 청한 그 녀석이 잘못이었다.

죽어 마땅하다.

그날이 자은마맥주의 뇌리에 지금까지 기억되는 이유는 수하 놈은 죽기 바로 직전, 진력을 다해 날린 일격 때문이었다.

그 일격은 마치 파리라도 잡을 수 있을까 싶을 정도로 느리고, 두부 정도나 부술 수 있겠구나 싶을 정도로 무력했다.

하지만 속도와 힘은 실리지 않은 대신, 다른 것이 듬뿍 담겨 있었다.

이제 죽게 된다는 절망과 분노, 슬픔, 그렇지만 이 일격으로 살길을 열겠다는 간절함과 의지, 그리고 희망.

그 많은 감정은 말로 주절주절 설명이라도 한 것처럼 고스란히 자은마맥주에게 전달되었다.

그랬기 때문인지 자은마맥주는 피하지 못하고 심장부위를 얻어맞고 말았다.

물론 상처는 없었다. 하지만, 심장이 터질 것처럼 고동쳤다.

정말 터지는 건 아닐까 싶었다.

대체 왜 그랬던 걸까?

지금도 자은마맥주는 알 수 없었다.

하지만 지금 기분이 그때와 너무도 흡사했다.

자은마맥주는 고개를 돌려 자신이 지나쳐온 계단을 올려 보았다.

'죽인 임부와 아이 때문인가?'

어쩐지 께름칙하다.

자은마맥주는 코웃음을 치며 다시 계단 아래로 시선을 돌렸다.

지금 이런 쓸데없는 기분을 쫓을 여유는 없었다.

계단 아래, 저 하얀 어둠 속에서 잠들어 있는 나의 천마를 어서 깨워야한다.

수라천마가 닥치기 전에!

자은마맥주는 아래에 놓인 계단으로 발을 내딛었다. 하지만 두 걸음으로 이어지지 못하고 다시 멈추고 말았다.

천마
재생

휙!

자은마맥주는 다시 계단 위쪽으로 고개를 돌렸다.

그리고 하나 뿐인 눈동자를 이리저리 돌려 뭔가를 찾겠다는 그이 세세히 살폈다.

'착각인가?'

저 위에서 푸른빛이 번뜩였던 것 같았다.

푸르다고 하여 다 같은 색이 아니다.

보았다고 느낀 색은 오직 한 사람만이 만들어낼 수 있었다.

'설마 수라천마가?'

덜덜, 몸이 떨린다.

'착각일 거야.'

그래, 착각한 것이다.

그가 저 위에 있을 리가 없었다.

그에 대한 공포가 자아낸 환영이리라.

자은마맥주는 이를 빠드득 갈았다.

늑대가 찾아올까 무서워 이불을 싸매고 덜덜 떨고 있는 어린아이만 같은 자신의 모습이 마땅치 않았다.

이 모습을 지워버리기 위해서라도 서둘러야 한다.

휘이이익!

자은마맥주는 날듯이 계단 아래로 뻗어 나갔다.

하지만 그 모습은 목적한 것을 찾아 얻기 위한 갈망의

몸짓이라기보다는 무언가에 쫓겨 도망치는 듯만 했다.

　공식적으로 자은빙성의 최심부는 산은궁이다.

　산은궁에 갇힌 임부들에게서 태어나는 아이들이야 말
로, 자은마맥의 입장에서는 가장 소중한 재산이기 때문이
다.

　아이야 말로 미래이다.

　능력이 없는 단체는 경쟁에서 밀려 궤멸되지만, 미래가
없는 문파는 소멸하고 만다.

　그렇기에 산은궁은 자은빙성의 가장 최심부에 위치할
수밖에 없다.

　하지만 비공식적으로는 다르다.

　산은궁의 밑, 아주 깊고 깊은 곳에 하나의 장소가 더 있
다.

　자은마맥의 마인 중 상위 몇 명만이 알고 있는 은밀한
장소.

　그곳을 아는 이들은 이리 불렀다.

　천마총(天魔塚).

　그리고 이리 외쳤다.

　천마총이야 말로, 자은마맥의 진정한 미래이리라!

　오늘 자은마맥주는 미래를 현실로 만들 생각이었다.

　"헉, 헉, 헉, 헉."

자은마맥주는 거칠게 숨을 몰아쉬며 멈췄다.

더는 내려갈 계단이 없었다.

드디어 도착하고 만 것이다.

벌어진 그의 입에서는 기쁨의 환호보다는 안도의 한숨이 흘러나왔다.

수라천마에게 잡혀 농락당했던 지난 이십 일이 그의 뇌리에 스쳐 지났다.

난생 처음 겪는 굴욕의 나날이었다.

그의 손아귀에서 벗어나 이곳에 도착할 수만 있다면 겪은 모든 굴욕을 되갚아줄 수 있으리라 다짐하며 견뎠지만, 내심 한편으로는 그렇게 개처럼 끌려 다니다가 죽으리라 하며 절망했다.

지금도 등 뒤에서 손을 뻗어 목을 낚아채지 않을까, 하는 의심을 아예 지울 수가 없었다.

그래서 계단을 내려오던 중 위에서 수라천마만이 뿜을 수 있는 푸른빛이 번뜩인 듯하다는 착각도 한 것이겠지.

"기적이야."

그래, 이곳에 도착할 수 있던 건 기적이다.

이제 이 기적을 무기로, 꿈꿨던 미래를 현실로 이룰 시간이다.

자은마맥주는 굽혔던 상체를 피고 어딘가를 향해 걸어갔다.

그가 걸어가는 곳, 거대한 얼음기둥이 있었다.

그 안, 거뭇한 것이 뭔가가 담겨 있는 것만 같았다.

자은마맥주는 얼음 기둥 앞에 이르자 멈추어 서며, 감흥에 젖은 눈으로 얼음기둥 안에 담겨 있는 거뭇한 것을 바라보았다.

그건 사람의 형상을 하고 있었다.

그렇다고 사람이라고 할 수는 없었다.

키가 삼장이나 되는 사람이 세상에 존재할 수는 없으니까.

사람의 형태로 뭔가를 깎아 만든 것이 아니고서야 저럴 수는 없었다.

처음 저것을 보았을 때에 자은마맥주 역시 그렇게 여겼었다.

하지만, 아니다.

저건 분명 사람이다.

아니, 한때 사람이었던 존재이다.

사람으로 태어났지만, 사람을 초월하여, 신이 된 존재이다.

아니, 마귀라고도 할 수 있겠지.

자은마맥주는 떨리는 목소리로 말했다.

"이제 잠에서 깨실 때입니다, 시조시여. 아니, 멸세천마시여."

자은마맥이 이 대륙의 최북단, 얼어붙은 땅에 우뚝 서 있는 전설의 빙산, 백풍운총에 자리를 잡은 건 우연이 아니다.

백년 전 홍동마맥에게 패배한 자은마맥의 생존자들은 그들의 맹추적을 피래 도주하였고, 그러다보니 어느새 이곳 백풍운총까지 이르고 말았다.

자은마맥의 마인들이 아는 바는 그랬다.

하지만 사실은 달랐다.

당시 자은마맥의 생존자들은 홍동마맥의 추적을 피해 이리로 온 것이 아니라, 일부러 찾아 온 것이었다.

백풍운총이 악마사원의 시조인 멸세천마의 무덤임을 알았기 때문이었다.

자은마맥은 홍동마맥에게 모든 걸 빼앗겼지만, 대신 한 가지만은 챙겨 나왔다.

그것은 자은마맥에게만 전해지던 악마사원의 교전(敎典)으로, 그 안에 바로 이곳 천마총의 존재와 위치가 수록되어 있었다.

적힌 내용대로라면 악마사원의 시조인 멸세천마는 죽은 것이 아니라 부활을 꿈꾸며 동면에 들었다고 했다.

삼백년 후 시조께서는 동면에서 깨어나 다시 세상을 악

마사원의 것으로 만들지니, 후예들이여!

경배하라, 시조의 성은(聖恩)을!

찬송하라, 시조의 재래(在來)를!

비록 자은마맥이 악마사원의 지류이고, 그러니 멸세천마의 후예라고 할 수 있지만, 적힌 내용을 곧이곧대로 믿을 수는 없었다.

하지만 백 년 전 몸 누일 곳이 없는 자은마맥의 생존자들은 그 말도 안 되는 전설을 쫓아 이곳 백풍운총을 찾아왔다.

그리고 삼십 년 전 비로소 확인할 수 있었다, 교전에 적힌 허무맹랑한 전설이 사실이었음을!

우우우우웅.

자은마맥주는 멸세천마가 갇힌 얼음기둥을 둥글게 돌며, 이곳저곳을 톡톡 건드렸다.

마치 어린 아이가 메마른 땅 위에 죽어있는 지렁이를 발견하고 죽었나 살았나 알아보려 찔러보는 듯하다.

하지만 자은마맥의 표정은 신중하기 이를 때 없었다.

만약 잘못 건드렸다가는 이 얼음기둥에 깃든 냉기에 의해 얼어붙을 수 있기 때문이었다.

이 북방동토의 냉기가 한 곳에 모이면 한 방울 크기의 수정이 이루어진다는 만년빙정(萬年氷晶)이라는 기물의 전설이 있는데, 바로 이 얼음기둥의 정체가 그것이었다.

177

실제로 이 북방동토의 냉기가 뭉쳐 만들어진 건지는 모르지만, 손톱만한 크기의 조각을 떼어내어 바다에 던지니, 바닷물이 바로 얼어붙어 둘레가 백여 장이나 되고 높이는 십장에 이르는 빙산을 만들어냈다.

그건 눈으로도 보고도 믿을 수 없는 엄청난 광경이었다.

그러니 자은마맥주는 이토록 신중할 수밖에 없었다.

그는 자은마맥의 맥주 자리에 오른 순간, 역대 자은마맥주가 포기했던 천마총의 발굴을 다시 시도했다.

그리고 결국 이곳을 발견하고 말았다.

그는 솟구치는 흥분을 가라앉히고, 멸세천마의 부활을 위한 연구에 빠져들었다.

수년간의 연구를 통해 멸세천마 고극이 어떻게 되살아나려고 했는지를 알아낼 수 있었다.

멸세천마는 천수가 다했을 무렵, 이 만년빙정을 발견한 듯했다.

그는 만년빙정이 머금은 극음지기(極陰至氣)를 이용하여 동면에 들었다. 그리고 만년빙정의 기운을 모두 흡수하여 소모된 진력을 채움으로써 다시 전성기 무렵의 상태로 회복토록 계획한 것이었다.

그 기간을 대략 삼백 년으로 잡았으리라.

거기까지는 교전에 수록된 내용 그대로였다.

하지만 자은마맥주과 연구 끝에 확인한 대로는 그의

계획은 실패였다.

만년빙정은 멸세천마의 신체의 노화를 정지시킬 수는 있었지만, 그의 영혼까지 잡아둘 수는 없었던 것이다.

삼백년이 지난 지금, 멸세천마의 신체는 그의 계획대로 전성기 때의 수준으로 회복되었지만, 그의 영혼은 삼백 년이라는 긴 시간을 버티지 못하고 흩어져 버렸다.

그러니 만년빙정 안에 있는 멸세천마는 빈껍데기라고 할 수 있었다.

결국 멸세천마는 부활할 수 없었던 거다.

자은마맥주는 실망했지만, 바로 기발한 생각을 떠올렸다.

멸세천마의 몸에 영혼을 주입한다면?

그렇다면 멸세천마를 부활시킬 수 있지 않을까?

하지만 영혼이라는 건 사람이 의도하여 생성할 수가 없고, 그러니 주입할 수도 없는 것이다.

그렇다면 멸세천마의 신체를 갑옷처럼 두르고 움직일 수 있는 생명체를 넣는다면?

일종의 고독을 머리에 삽입하며 그 고독이 이 신체를 장악하게 만든다면?

그리고 내가 그 고독에게 명령을 내릴 수가 있다면?

세상에 그런 고독은 존재하지 않는다.

하지만 자은마맥주는 만들 수는 있다고 자신했다.

천마
재생

그렇게 하여 만들어낸 것이 바로, 자은신마고(紫銀神魔蠱)!

현재 자은신마고 팔백 마리 정도가 멸세천마의 육신 속에 삽입되어 있었다.

머리 뿐 만이 아니라, 각관절과 근육, 혈관 곳곳에 박아 놓았다.

그럼으로써 자은마맥주가 명령을 내리면, 그의 명령을 받은 팔백여 마리의 자은신마고가 연동하여 멸세천마의 육신을 움직이도록 설계한 것이었다.

그의 계획대로라면 아직 이백여 마리의 자은신마고를 더 삽입해야했다.

하지만 그럴 만한 시간이 허락되지 않았다.

얼음기둥을 휘돌며 멸세천마의 체내에 삽입된 자은신마고를 모두 깨운 자은마맥주는 단정한 자세로 서서 엄숙히 표정으로 말했다.

"자, 이제 일어나시오, 나의 천마여!"

ㄷㄷㄷㄷㄷㄷㄷㄷㄷ.

지축이 흔들린다.

만년빙정의 표면이 쩍쩍 금이 가기 시작했다.

그 안에 있던 멸세천마의 몸이 거칠게 요동치고 있었다.

깨어난다.

하지만 아직 안심할 수는 없었다.

자은마맥주는 신중하고 조심스레 멸세천마의 체내에 삽입된 자은신마고에게 명령을 내렸다.

번쩍!

멸세천마의 두 눈이 뜨였다.

그리고 그의 전신이 붉어지며 마치 물고기의 비늘과 같이 변해갔다.

멸세천마의 독문무공인 멸세용린마공(滅世龍鱗魔功)이 운용된다는 증거였다.

그 광경이 감동한 자은마맥주의 하나 뿐인 눈에 눈물이 흘러나왔다.

"이건 기적이야."

기적이다.

스스로 계획하고 설계했지만, 성공할 것이라는 확신할 수는 없었다.

하지만 성공하고 말았다.

나의 천마가, 나의 명령만을 따르는 멸세천마가 깨어난 거다!

"기적이야!"

그때였다.

"기적은 없어."

바로 옆에서 들려온 목소리에 자은마맥주의 표정은 딱딱하게 굳었다.

아니다.

그럴 리가 없었다.

그저 환청일 것이다.

목소리가 다시 들려온다.

"나의 아내와 아이가 죽어갈 때, 처음으로 기적을 바랐지. 나를 둘러싼 적을 죽일 수 있는 힘이 생기기를. 아니면, 누군가 나타나 아내와 아이를 구원해주기를. 하지만 이루어지지 않았어. 그때 절실히 깨달았지. 세상은 당연한 일만 일어난다는 것을."

자은마맥주의 하나 뿐인 눈동자가 딱딱 끊어지듯 움직여 오른쪽으로 향했다.

그곳에 그가 있었다.

남장후는 멸세천마를 관람하는 듯 위에서 아래로 쓸어보더니, 그를 향해 고개를 돌렸다.

그리고 희미하게 미소를 머금고 남은 말을 이어 붙인다.

"지금처럼 말이야."

†

자은마맥주는 아무 말도 하지 못했다.

마치 얼어붙은 것처럼 굳은 채로, 멍하니 남장후의 얼굴만을 바라보기만 했다.

그렇다고 머리까지 굳어버린 건 아니었다.

수많은 질문이 봇물처럼 마구 솟구쳐 올라 머리 안을 가득 채웠다.

어째서 수라천마가 내 옆에 서 있는 걸까?

어떻게 그가 이 순간, 이 자리에 나타난 걸까?

왜 이렇게 된 걸까?

하지만 그 어떤 질문에도 답을 내릴 수가 없었다.

그렇기 때문일까?

어지러웠다.

보이는 모든 게 뱅글뱅글 돈다.

속이 메스껍다.

굳게 다문 입을 열면, 토사물이 마구 쏟아져 나올 것만 같았다.

하지만 자은마맥주는 억지로 견뎌내며, 어렵게 한 마디를 겨우 뱉었다.

"왜……?"

그게 전부였다.

'어떻게'도 아니고, '어째서'도 아니며, '왜'였다.

지금 이 자리에 남장후가 나타날 수 있었는지에 대한 의문을 풀려는 마음보다는, 자신에게 닥친 이 현실에 대한 원망과 절망이 앞섰기 때문이었다.

남장후의 입이 벌어졌다.

"내 아내와 아이. 그건 내게 전부였지. 내 전부를 빼앗겼던 그 날, 난 기적은 없다는 걸 혹독하게 깨달았다. 인정할 수 없지만, 인정하기 싫었지만, 어떻게 해서든 인정해야만 했어. 그래야 일어설 수 있었으니까."

남장후의 두 눈에 핏빛으로 물들었다.

"내가 아내와 아이의 목숨을 지키지 못한 건 집마맹보다 약했기 때문이었다. 집마맹보다 가진 게 없었기 때문이야. 집마맹보다 영리하지 못했기 때문이지. 내가 아내와 아이의 목숨을 지키지 못한 건……, 그랬던 건……, 그래서 지금까지도 후회하고 있는 건, 내가 기적이나 꿈 따위를 믿었기 때문이었어."

남장후가 날카로운 송곳니를 드러냈다.

"난 기적을 믿을 수 없다. 아니, 믿어서는 안 돼. 나의 아내와 아이를 위해서라도 그럴 수는 없지. 이루려는 것은 무엇이든 나의 의지로, 나의 노력으로, 나의 계획대로 만들어내야 했지."

그러며 다시 자은마맥주를 돌아본다.

"지금처럼 말이야."

자은마맥주가 물었다.

"어, 어떻게 알았습니까?"

"네가 말해 주었지."

"제가요?"

"그래. 네가. 입이 아닌 눈으로. 손짓과 발짓으로. 네 모든 행동이 이곳에 닿기만 하면 내게 잃은 모든 걸 되찾을 수 있다고, 말하고 있었지. 그런데 어떻게 모를까."

"제가 그토록 어설폈습니까?"

"어설프고 말고의 문제는 아니지. 넌 기적을 믿었을 뿐이야. 예전의 나처럼. 그리고 난 기적이 있는 척 했을 뿐이고."

그러며 남장후는 즐겁다는 듯이 히쭉 웃었다.

자은마맥주는 망치에 머리를 얻어맞기라도 한 것처럼 순간 휘청였다.

이 기분, 뭐라고 해야 하나?

어린아이의 손에 붙잡힌 잠자리가 된 심정이었다.

어린아이는 순진(純眞)하며, 무구(無垢)하다.

아직 앎이 없기에 본능에 충실하다.

자신의 손아귀에 들린 잠자리가 생명이 아닌, 장난감일 수 있다.

날개와 다리를 끊고 자르며 떼어낼 수 있으며, 자신이 만들어낸 잔해를 즐겁다며 웃어댈 수 있는 거다.

지금 남장후의 미소가 딱 그랬다.

'난 잠자리가 아니야!'

자은마맥주는 마음속으로 그렇게 부르짖었다.

그리고, 힐끗 눈동자를 돌려 멸세천마 쪽을 살폈다.

그 사이 멸세천마는 갇혀 있던 만년빙정 속에서 반쯤 빠져 나와 있었다.

근육은 춤을 추는 듯이 율동하고, 물고기 비늘을 덮은 것만 같은 피부는 포효하는 용의 역린을 연상케 한다.

당장 이 만년빙정 안에서 벗어난다면 나를 막을 건 아무것도 없으니 안심하라며 위로와 응원을 해주는 것만 같았다.

그래, 조금만 견디면, 아주 조금만 더 시간을 끌면…….

"기적은 없다니까."

남장후의 냉정한 몇 마디 말이 귓속에 파고들자 어렵게 붙잡은 희망의 끈이 끊어지는 듯했다.

남장후가 턱 끝으로 멸세천마를 가리키며 말했다.

"내가 왜 모든 사실을 알면서도 저것을 내버려둘까?"

"왜입니까?"

"왜겠어. 이래서이지."

확!

남장후가 갑자기 손을 뻗어 자은마맥주의 머리를 움켜쥐었다. 그 동작은 마치 잠시 맡겨놓은 물건 되찾아 간다는 듯이 가볍고 자연스러웠다.

자은마맥주의 입이 쩍 벌어졌다.

"으아아아아아아악!"

자은마맥주가 비명을 지르는 건 고통스럽기 때문이 아니었다.

이토록 무력하게 당한 자신의 모습이 너무도 한심해서이다.

자은마맥주의 본래 실력을 발휘한다면 아무리 상대가 남장후라고 하더라도 이렇게 쉽게 당할 리가 없었다.

지쳐서도 아니었다.

하지만 지난 이십일 동안 남장후가 그를 좌절케 하고 무력하게 만듦으로써, 복종심에 가까운 감정을 새겨 넣었다.

그로인해 자은마맥주는 남장후에게 제 실력을 다하여 대항할 수가 없게 되고 만 것이다.

남장후는 그의 처절한 비명이 음악소리라도 된다는 양 즐기는 듯 환하게 웃으며 말했다.

"이제부터 네가 할 일은 너의 꿈을 네 스스로 부수는 거야."

뭐라는 걸까?

"명하라, 저 살아있는 시체에게. 자은빙성을 부수라고."

뭐?

자은빙성을 부수라고 명령해?

"명하는 거야. 자은마맥의 마인을 모조리 죽이라고. 빌어라, 네 모든 것을 모조리 무너트리라고. 어서."

그럴 수는 없었다.

자은마맥주의 머리를 움켜쥔 남장후의 손에서 은은하게 푸른빛이 흘러나왔다. 빛은 마치 살아있기라도 한 듯이 줄기를 이루어 자은마맥주의 머릿속으로 스며들기 시작했다.

그러는 동안에도 남장후는 아리따운 여인을 유혹하는 사내처럼 은근한 목소리로 계속 속삭였다.

"어서. 명령하는 거야. 네가 가진 모든 걸 잃어봐. 내가 원한다. 그러니 너도 원해야 해. 이곳에 온 이유가 바로 그걸 위해서잖아. 말해. 명령을 하라고. 어서. 어서."

자은마맥주의 하나 뿐인 눈동자가 몽롱해졌다.

그래서는 안 된다는 걸 알지만, 그러고 싶었다.

그래야 될 것만 같았다.

아니, 꼭 그래야 된다.

남장후가 씩 웃으며, 자은마맥주의 머리를 움켜쥔 손을 풀었다.

그리고 등을 돌려 걸어갔다.

용건이 끝났다는 듯이 그의 걸음에는 망설임이 없었다.

자은마맥주는 영문을 알 수 없어, 멍하니 그의 뒷모습을 바라보았다.

"왜……?"

남장후가 걸음을 멈추더니, 고개만 돌렸다.

그러며 씩 웃었다.

그 미소를 본 순간, 자은마맥주의 얼굴이 딱딱하게 굳었다. 그러며 고개를 좌우로 저어댔다.

"아, 아니야. 그럴 리 없어. 난, 난 아무 것도 하지 않았어! 난 명령하지 않았다고!"

남장후의 미소가 짙어졌다.

"기적을 바래봐."

그러며 다시 앞으로 고개를 돌리더니, 멈췄던 걸음을 이어갔다.

자은마맥주는 멀어지는 그의 등을 향해 울부짖듯이 외쳤다.

"아니야! 난 명령하지 않았어! 아니지! 했다고 해도 번복하면 돼! 너를 죽이라고 명령하면……."

자은마맥주는 말을 멈추고 하나 뿐인 눈동자를 찢어져라 벌렸다.

그러며 천천히 손을 뻗어 자신의 머리를 매만졌다.

그 안 어딘가에 있는 자은신마고의 웅고가 느껴지지 않았다.

자은신마고의 웅고를 통해 멸세천마를 움직이는 자은신마고의 자고에게 명령을 내릴 수 있는데, 없다.

왜지?

아니, 있기는 했다.

다만 잠이라도 든 것처럼 움직이지 않는다.

대체 왜 이럴까?

자은마맥주는 자신의 머리를 마구 두들겼다.

"일어나! 뭐 하는 거야!"

대체 왜 이런 거지?

뻔했다.

자은마맥주는 계단 위로 올라가고 있는 남장후를 향해 목청이 터져라 외쳤다.

"내게 무슨 짓을 한 거야!"

남장후는 다시 걸음을 멈추고 고개만 돌려 히쭉 웃었다.

"네 머리속에 벌레가 있는 한, 그 살아있는 시체가 너만은 어찌하지는 않을 거야. 그러니 자은마맥의 후예 중 너만은 무사하겠지. 끝까지 제대로 지켜볼 수 있을 거야, 너의 천마가 너의 모든 걸 부수어가는 광경을. 그게 내가 너에게 주는 기적이다."

남장후는 성큼성큼 계단 위로 올라가 사라졌다.

자은마맥주는 주저앉으며 외쳤다.

"안 돼애애애애애애애!"

콰아아아아아아아앙!

그의 등 뒤, 멸세천마가 결국 자신을 속박했던 만년빙정을 부수어내며 튀어나오고 있었다.

멸세천마는 고개를 하늘로 들어올리고 입을 쩍 벌렸다.

쿠오오오오오오오오!

쩍 벌어져진 입에서 고통어린 비명인지, 기쁨의 외침인지 모를 포효를 질러댄다.

자은마맥주는 벌떡 일어나 팔을 쫙 벌리고 멸세천마의 앞을 막아섰다.

"안 돼! 안 된단 말이다!"

멸세천마는 입을 다물고 고개를 내려 그를 바라보았다.

알아들은 걸까?

어쩌면 기적이 있어, 멸세천마 자신의 의지가 남아있는지도 모른다.

자은마맥주가 기대를 버리지 않고, 애원하듯 간절히 말했다.

"시조시여. 적의 농간에 넘어가서는 아니 됩니다. 멈추십시오. 당신의 자식인 우리가 아닌, 저 간악한 적을 향해 분노하십시오! 그를 단죄하여 주십시오! 청하옵니다, 시조시여."

멸세천마가 천천히 무릎을 굽혔다.

알아들은 건가?

반쯤 굽혀졌던 멸세천마의 무릎이 일순간 쫙 펴졌고, 그의 몸은 시위를 떠난 활처럼 하늘을 향해 튕겨 올랐다.

콰아아아아아아아앙!

자은마맥주는 다시 힘이 풀려 주저앉았다.

기적은 없었다.

천마재생

콰아아아아아아아아아아앙!

지축이 흔들린다.

남장후는 순간 걸음을 멈추고 고개를 위로 들어올렸다.

멸세천마가 위로 올라가고 있는 모양이었다.

보지 않아도 알 수 있었다.

곧 멸세천마는, 그 살아있는 시체는 저 위에서 참혹한 살육을 벌이리라.

제가 뿌린 씨앗을 제 손으로 모조리 뽑고 짓밟으리라.

자은마맥의 마인이라면 그 누구도 도망칠 수도 없다.

이곳 자은빙성은 자은마맥주가 이곳으로 이어지는 비도 안으로 들어오기 전 보낸 신호를 받아 최상위 경계체제인 빙은의 형태를 취하고 있었다.

자은마맥주에게 들은 정보대로라면 빙은이라는 경계체제는 수만 명에 이르는 대군의 일시공격을 감행한다고 해도, 거뜬히 견뎌낼 수 있을 만큼 공고했다.

하지만 내부만은 빈약했다.

그리고 방벽이 너무 굳건하게 변용시킨 덕분에 자은빙성 안에 있는 사람이라면 그 누구도 빠져나갈 수 없었다.

그러니 저 위에서 곧 벌어질 광경은 양떼의 우리 속에 늑대한 마리를 풀어놓은 것이나 다름없겠지.

남장후의 입가에 절로 미소가 어린다.

생각보다 일이 수월하게 풀렸다.

"모두가 맥주 녀석 덕분이군."

자은마맥주가 이곳에 있어서 그의 속삭임을 엿들었다면, 억울하여 까무러쳤을지도 몰랐다.

멈췄던 남장후의 발길이 다시 이어졌고, 얼마 지나지 않아 계단의 출입구인 산은궁에 도달할 수 있었다.

산은궁 안에는 들어오기 전처럼 수백 명의 임부가 앉거나 서 있었다.

하지만 그가 처음 보았던 때와 달리 그녀들의 몽롱했던 눈빛은 상이 또렷했고, 표정에는 두려움과 초조함이 가득했다.

남장후가 계단을 내려오기 전 그녀들의 머리 안에 박혀 있던 빙백침을 녹여준 까닭이었다.

임부들은 손으로 알몸을 가리며, 남장후를 피해 주춤주춤 물러섰다.

남장후가 걸음을 멈추고 말했다.

"들어라, 너희에게 기회를 주겠다. 살겠느냐? 아니면 이대로 죽겠느냐?"

임부들은 알아들을 수가 없는지, 그저 입술만 깨물었다.

남장후의 입이 다시 벌어졌다.

"살겠다고 하면 살려줄 것이고, 죽겠다고 하면 죽여주겠다. 또한 원한다면 너희가 살아가고자 하는 곳까지 데려다 주도록 하겠다. 바란다면 너희의 무덤을 만들어 주겠다. 그러니 원해 보거라."

임부들 중 당차보이는 여인이 나서며 말했다.

"왜요? 왜 우리에게 그래주신다는 거죠?"

"그게 중요한가? 내가 너희에게 주는 기회가 더 중요할 터인데?"

용기를 얻었는지, 다른 임부가 나섰다.

"저희는 살아도 되나요?"

남장후의 입이 다물렸다.

임부는 둥글게 부푼 자신의 배를 보라는 듯이 쓰다듬으며, 흐느끼듯 말했다.

"이렇게 되었는데, 우리를 받아줄 곳이 있나요? 우리 아이는 살아도 되는 건가요? 산다고 해도, 제대로 살 수나 있을까요?"

그러자 임부들이 하나둘씩 고개를 늘어트리더니, 어깨를 들썩이기 시작했다.

그 순간 남장후는 냉정히 고개를 저으며 단호히 말했다.

"모른다."

임부들 모두가 고개를 들어 원망어린 눈으로 그를 노려보았다.

남장후는 담담히 말했다.

"받아줄 곳은 너희가 찾아라. 너희의 아이는 아이 스스로 선택하도록 해라. 제대로 살 방법은 너희가 고민해라. 난 너희의 인생 전부를 책임질 수는 없다. 다만 끈을 줄 뿐이다. 이곳에서 빠져나가 살 수 있는 기회만 줄 수 있다. 잡을지 놓을지는 너희가 선택해라."

임부들은 서로를 돌아보았다.

이곳에서 벗어난다.

그건 기회가 아니라, 기적같은 일이었다.

그 끈을 팽개칠 수는 없었다.

내일은 내일 생각하면 되니까.

임부들이 일제히 고개를 끄덕였다.

그제야 차갑던 남장후의 표정이 녹듯이 풀렸다.

그러다 문득 생각이 났다는 눈을 평소보다 크게 뜨며 변명하듯 말했다.

"내가 너희에게 주는 기회는 기적 같은 것이 아니야. 그저 당연히 일어났을 일에 불과해."

그의 말은 마치 실수로 꽃병을 깨어버린 소년의 변명처럼 설득력이 없었다.

†

자은빙성은 일궁(一宮) 이전(二殿), 삼각(三閣), 사당(四堂), 이렇게 열 개의 단체로 나뉘는데, 그 중 자은빙성의 중심부에 있는 송곳과 같은 형태를 한 탑이 바로 일궁인 자은궁(紫銀宮)이었다.

자은궁은 자은마맥의 모든 마인들에게 꿈꾸는 장소이다.

자은마맥의 맥주와 좌우호법, 그리고 열세 명의 장로와 각 단체의 책임자만이 출입 가능하기 때문이었다.

그렇기에 자은마맥의 마인들은 너나 할 것 없이 이따금 일을 하다 멈추고 서서 자은궁을 바라보며 다짐했다.

언젠가 재능과 실력을 인정받아 지위와 권력을 쟁취하리라.

그럼으로써 저 자은궁 안으로 들어가리라.

이 자은빙성, 아니 자은마맥의 권력이 집중된 자은궁은 자은마맥의 마인들에게 꿈이며 미래였다.

그런데 그런 자은궁이 갑자기 쩍쩍 갈라지고 있었다.

대체 어떻게 된 걸까?

자은궁 근처에 배치된 마인들은 하던 일을 멈추고 일제히 일어나 자은궁을 향해 고개를 돌렸다.

"뭐야? 왜 갑자기?"

"무슨 일이지?"

갑자기 상부에서 최고위 경계체제인 빙은을 취하라는 명령이 하달되었고, 때문에 자은빙성은 방어형으로 변형된 상태였다.

그 때문일까?

그래, 어쩌면 자은궁 역시 적들의 공격을 대비해 변형하고 있는 모양이다.

갈라지고 있는 자은궁을 지켜보는 마인들은 내심 그런 결론을 내리며, 안정을 되찾았다.

"그래, 자은궁이 부서질 리가 없지."

"그렇지. 군이 자은궁까지 변형시킬 필요 있나?"

적이 자은궁까지 도달했다면 그 전에 자은마맥의 모든 마인이 살아있지 않다고 봐도 무방했다.

그러니 자은궁은 군이 변형시킬 이유가 없을 텐데, 왜 일까?

마인들은 고개를 갸웃거렸다.

이해할 수 없지만 윗선에서 내린 결정일 테니, 그러려니 할 뿐이었다.

그때였다.

쿠오오오오오오오오!

어디선가 괴성이 울린다.

그건 사람이 지닌 본성 중 두려움과 공포를 끌어내는 섬뜩한 소리였다.

마인들은 침을 꿀꺽 삼키며 소리의 끝을 쫓아 시선을 움직였다.

괴성은 자은궁, 바로 아래쪽에서 흘러나오는 듯했다.

천마재생

대체 뭐가 어떻게 된 걸까?

마인들 중 누군가 속삭이듯 말했다.

"혹시 적을 상대하려고 맥주님께서 자은궁 밑에 숨겨놓은 뭔가를 끄집어내는 거 아냐?"

그의 말을 들은 마인들은 일제히 고개를 끄덕였다.

"그렇지. 그렇겠구나."

"아, 맞아! 그거였어."

그의 짐작은 사실로 받아들여져 마인들의 입에서 입으로 옮겨져, 금세 퍼져 나갔다.

자은궁에 균열이 일어나는 이유도 그제야 모두가 납득할 수 있었다.

때문에 점점 커지는 섬뜩한 괴성을 오히려 반갑게 받아들였다.

저토록 섬뜩한 울음을 토하는 것이라면, 분명 큰 힘이 되어 주리라는 기대를 품게 하기에.

콰아아아아아아아앙!

자은궁이 갑자기 산산이 부서지며 사방으로 터져 나간다.

"으아아아아아아악!"

꽝음과 동시에 비명이 쏟아졌다.

가장 근접한 곳에 배치되어 있던 마인들이 쇠뇌보다 빠르게 사방으로 튀어나간 자은궁의 파편에 휘말려 죽어가며 울부짖는 소리였다.

자은궁은 그렇게 사라졌다.

대신 자은궁이 있던 자리에 뭔가가 우뚝 서 있다.

뭘까?

비늘과 같이 생긴 얇은 갑옷을 입은 사내였다.

자은마맥의 마인 중 하나가 떨리는 목소리로 속삭였다.

"거인?"

거인이라는 표현조차 어색할 정도로 거대하다.

사람 대여섯 명을 위로 세워 놓는다고 해도, 거인의 어깨 언저리에 닿을까 싶을 정도이니까.

거인이 입을 쩍 벌렸다.

쿠오오오오오오오오오오오오오!

근처에 있던 마인들은 저도 모르게 무릎을 굽혔다.

거인의 괴성은 굴복과 경배를 강요하며 그들을 내리 눌렀기 때문이었다.

대체 저 거인이 무엇이기에?

거인이 천천히 입을 다물었다. 그러며 담담한 눈길로 자신을 바라보는 마인들을 차분히 둘러보았다.

그러더니, 오른 다리를 들어 올려 가장 가까이 있는 마인이 있는 방향으로 내딛었다.

그렇게 절망은 시작되고 있었다.

"으아아아아아아아악!"

199

"적이다! 적이 자은궁에 침입했다!"

"막아라!"

†

콰아아아아아아앙!

자은빙성의 곳곳에 위치한 얼음전각이 터지며, 눈가루가 되어 나부낀다.

"으아아아아아아악!"

"뭐하느냐! 저 비늘거인을 막아! 빙염대는 좌측을 공격하라! 포문을 돌려!"

"피해! 으아아아아악!"

비명과 고함이 쏟아진다.

핏물이 튀어나오고 육편이 쏟아진다.

그렇게 자은빙성은 얼음의 무덤이 되어가고 있었다.

살아있는 이들은 멸세천마를 피해 도망치거나 달려들며, 이 광란을 고조시키고 있었다.

자은빙성은 빙은의 체제로 변형되어 버린 탓에 빠져나갈 문이나 통로가 사라져 버렸다.

그렇다고 해서 멸세천마를 향해 달려 들어봤자, 죽음을 앞당길 뿐이었다.

보라.

멸세천마의 오른 손아귀 안에 실려 대롱거리는 사내를.

집마십종 중 일인이자 자은빙성 안의 최고수인 광존(狂尊)이 저리 무력하게 당했다.

그 광존이, 지닌 실력을 믿고 자은마맥주 앞에서도 고집을 꺾지 않던 그 오만한 사람이 장난감처럼 팔다리가 꺾인 채, 핏물만 질질 흘리고 있었다.

쿠오오오오오오오오오오오!

이따금 질러대는 멸세천마의 포효는 이제, 자은마맥의 마인들에게 죽음을 알리는 경종처럼 느껴졌다.

그때였다.

"안 돼! 시조시여! 아니 됩니다!"

은빛의 화살이 날아와 멸세천마의 앞에 박혔다.

자은마맥주였다.

그 순간 자은마맥의 마인들은 자신들의 주인이 나타났음에 환호했다.

맥주라면, 저 거인을 물리칠 수도 있다는 기대심 때문이었다.

하지만 자은마맥주는 멸세천마에게 달려드는 대신, 털썩 무릎을 꿇었다.

"시조시여. 우리를 용서하소서! 당신의 자식들인 우리를 가여히 여겨주시옵소서! 제발, 제발 정신을 차리시어 우리가 당신의 노예이며 종복임을 알아주시옵소서! 간절

천마
재생

히 청하옵니다! 제발, 제발!"

그러며 자은마맥주는 바닥에 머리를 마구 찧었다.

이마가 깨져 핏물이 튀어나왔고, 두 눈에서는 피눈물이
흘러내렸다.

그렇게 자은마맥주는 자신의 앞을 붉게 물들였다.

그의 간절한 마음이 전해졌음인가?

멸세천마가 포효를 멈추고, 고개를 내려 그를 바라보았
다.

"ㅇㅇㅇㅇㅇㅇㅇ."

비틀린 신음을 흘린다.

자은마맥주는 두 눈을 동그랗게 뜨고 멸세천마를 올려
보았다.

"시조시여?"

멸세천마가 자신의 오른 손을 들어 자신의 얼굴 쪽으로
가져다 댔다. 그리고 손아귀를 천천히 피더니, 그 안에서
꿈틀거리고 있건 광존을 물끄러미 내려 보았다.

갈등이나 고민이 느껴지는 눈빛이었다.

광존이 힘겹게 부르짖었다.

"시, 시조시여. 제, 제발……."

광존은 오직 자은마맥주만을 위에 둔 고위인사이기에,
멸세천마의 존재를 알고 있었다.

그랬기에 자은마맥주와 같은 심정으로 애원했다.

"간청하옵나이다. 우리를, 우리는 해하지 마시옵소서. 삼백 년이라는 긴 세월을 일심으로 기다려온 우리를 알아주시고, 품어주시옵소서."

멸세천마의 눈빛이 차갑고 또렷해졌다.

그 안에서 이성이 느껴지기에 자은마맥주와 광존의 얼굴에 환한 미소가 피어올랐다.

그때였다.

멸세천마가 입을 쩍 벌리더니, 그 안에 광존을 집어넣었다.

으적, 으적, 으적, 으적.

그렇게 질겅거리다가 꿀꺽 삼켜버린다.

그 참혹한 과정을 지켜보던 자은마맥주의 눈가에 피눈물이 맺히더니, 주르륵 흘러내렸다.

멸세천마는 멈췄던 발을 내딛어, 자은마맥주를 지나쳐 나아갔다. 그리고 앞에 놓인 자은마맥의 마인을 닥치는 대로 낚아채어 제 입에 쑤셔 넣었다.

자은마맥은 실성한 사람처럼 히죽거리며 속삭였다.

"그래, 이건 꿈이야. 그치. 악몽이야."

†

자은마맥에 의해 납치되어, 그들의 마인을 출산하기 위해 가축처럼 살아야 했던 임부들은 벌벌 떨고 있었다.

추워서일까?

그녀들은 남장후가 자은빙성의 창고에서 가져온 방한복을 몇 겹이나 겹쳐있고, 스스로 열을 낸다는 보석 피한주(避寒珠)를 두어 개 씩 쥐고 있는 상태였다.

그럼에도 추위를 견딜 수 없는 걸까?

아니다.

멀리 보이는 광란의 현장 때문이었다.

자은빙성이 무너지고 있었다.

자은마맥의 마귀들이 죽어가고 있었다.

얇은 비늘갑옷을 입은 거인이 그들을 집어삼키고 있었다.

그건 여인이라면 누구라도 눈뜨고 보기 힘들만큼 참혹한 광경이었다.

하지만 임부들은 한시도 눈을 떼지 않았다.

꿈에서만 그렸던 광경이기 때문이었다.

그녀들은 빙백침에 의해 이성이 마비되어 인형처럼 살아왔지만, 이따금 단편적으로 생각할 수 있는 순간이 찾아오곤 했다.

그럴 때면 그녀들은 간절히 기도했다.

아니, 저주했다.

나를 납치해온 저 마귀들이 나보다 더 슬프기를.

나를 가둬놓은 저 마귀들이 나보다 더 서럽게 울어대기를.

나를 이렇게 만든 저 마귀들에게 세상에 모든 아픔이 쏟아지기를.

그리고 그들이 그렇게 고통스럽게 죽어가는 모습을 꼭 나의 두 눈으로 지켜볼 수 있기를.

바라고 바랐다.

그리고 그 바람이 이렇게 현실로 다가오다니.

"꿈을 꾸는 것 같아."

임부들 중 한 명이 속삭이듯 하는 말에 모두가 저도 모르게 고개를 끄덕였다.

그때 냉정한 한마디가 그녀들의 귓속에 파고들었다.

"꿈 따위가 아니야."

임부들을 목소리의 주인을 찾아, 고개를 돌렸다.

그 자리에 남장후가 팔짱을 끼고 서 있었다.

그의 뒤로 이십여 대의 마차가 도열해 있었다.

잠시 사라졌던 이유가 그 마차들을 가지고 오기 위해서였던 모양이었다.

임부들 중 하나가 말했다.

"저 거인은 당신이 불러온 건가요?"

남장후는 고개를 저었다.

"아니. 저들 스스로가 불렀지."

"왜 그런 거죠?"

"닿지 않은 꿈을 쫓다보면 저렇게 된다."

천마재생

"우리도 그럴까요?"

"꿈을 꾸지 않으면 돼. 그럴 시간에 당면한 현실에 매진하면 돼."

그러더니, 남장후는 턱 끝으로 마차를 가리켰다.

"타서 기다리고 있어라."

그리고는 용건을 마쳤다는 듯 어딘가를 향해 걸어갔다.

그가 나아가는 방향 저편에는 자은마맥의 마인들을 집어삼키는 거인이 보였다.

임부들은 깜짝 놀라 외쳤다.

"어, 어딜 가세요?"

"공자님? 공자님!"

"가지 마세요!"

남장후가 걸음을 멈추더니, 갑자기 입을 쩍 벌렸다.

"어이! 들켰으니까 그만 하지?"

그 순간 멀리 떨어져 있던 비늘거인이 뚝 하고 동작을 멈췄다.

그리고 등을 곧추 세우더니, 남장후가 있는 방향으로 고개를 돌렸다.

남장후가 피식 웃었다.

"깜빡 속을 뻔 했어."

그러자 거인이 한 숨을 쉬었다.

"휴우. 속아주지 그랬나? 어떻게 알았지?"

그리고는 마침 손에 쥐고 있던 자은마맥의 마인을 짜증 난다는 듯이 내팽개쳤다.

그 모습을 보는 남장후의 입 꼬리가 좀 더 위로 올라갔다.

"좀 어색하잖아."

비늘거인, 멸세천마는 고개를 내렸다.

비늘거인의 근처, 실성한 사람처럼 앉아있던 자은마맥주의 눈이 찢어질 듯 벌린 채 그를 올려다보고 있었다.

"시, 시조님?"

멸세천마가 말했다.

"네가 보기에도 어색했느냐?"

"어, 어떻게? 그럼 왜?"

멸세천마가 다시 고개를 들더니, 남장후 쪽으로 돌렸다.

"보라고. 어색하지는 않았잖아."

자은마맥주가 목청이 터져라 외쳤다.

"왜! 대체 왜!"

그러자 멸세천마는 눈살을 찌푸리더니, 발을 들어올렸다. 그리고 바로 자은마맥주를 향해 내리찍었다.

콰앙!

멸세천마의 발바닥이 놓인 자리가 움푹 안으로 파였고, 발가락 사이로 핏물과 육편이 튀어 올랐다.

멸세천마는 바닥에 발을 스윽스윽 문질러 닦아내며 투덜거리듯 말했다.

"뭘 왜야. 재미로 그런 거지."

第八十七章.

네 차례는 없어

第八十七章.
네 차례는 없어

남장후는 기억을 더듬어 보았다.

누군가를 속인 적은 있어도, 속은 적은 없었다.

혹여 있다고 하더라도 기억이 나지 않을 만큼 아득하게 오래전 일일 것이다.

그렇기에 남장후는 이 기분이 낯설었다.

'당할 뻔 했어.'

정말 깜빡 속을 뻔했다.

그의 눈에 비친 멸세천마는 육신만 남은 빈껍데기만 같았고, 그런 비루한 모습이 된 사정은 충분히 납득할 만 했다. 더불어 지금껏 멸세천마가 보여준 광란은 그러한 믿음에 확신을 주었다.

211

하지만 어느 순간 갑자기 한 가지 미혹어린 의문이 뇌리에 스쳤다.

'나라면?'

세상은 악마사원의 시조인 멸세천마 고극과 자신을 동급으로 치부했다.

그렇기에 든 생각이었다.

만약 내가 멸세천마의 입장이었다면 저런 꼴이 되었을까?

결론은 쉽게 나왔다.

'그럴 리 없지.'

부활을 그렇게 허술하게 준비하지도 않을뿐더러, 혹시 계산에 어떤 오류가 있어서 부활하기 전에 위협이 닥친다고 해도 그에 대한 방비를 해두었겠지.

'그렇다면?'

내릴 수 있는 답은 두 가지였다.

전설로 구전되는 멸세천마의 인물상이 많은 부분 과장된 것이거나, 그게 아니라면 의도적으로 가장하고 있다는 것이겠지.

'후자라면 대체 왜?'

결론은 쉽게 나왔다.

'나 때문이군.'

남장후를 처음 본 순간 상당한 충격을 받았었다.

이 정도로 강대한 힘을 내부에 응축해둔 존재가 있을 줄은 몰랐다.

천년을 살아온 호랑이 호묘나 신성의 생명인 용용조차도 멸세천마 만큼은 아니었다.

그렇다고 해서 멸세천마가 유일한 건 아니었다.

그와 비견할 수 있는 존재, 아니 어쩌면 능가할 수도 있는 존재가 하나 있었다.

바로 남장후, 자신이었다.

남장후가 그를 보았듯이 그 역시 남장후를 보았던 거다.

그 역시 경악할 만큼 놀라고 당황했을 거다.

그리고 막 부활하여 아직 몸을 추스르지 못하는 자신과 남장후를 비교해 보았겠지.

그리고 당장 남장후라는 적을 상대한다는 건, 득보다 실이 많다고 판단했겠지.

그랬기에 저런 거다.

남장후의 그러한 짐작이 맞다는 듯 멀리 떨어져 있는 멸세천마는 한숨만 푹푹 쉬었다.

"모른 척 좀 해주지 그랬나? 창피하게끔."

그러며 발을 계속 바닥에 스윽 문질렀다.

민망하기보다는 밟아 죽인 자은마맥주의 파편이 아직 떨어지지 않아서인 듯 했다.

천마재생

남장후의 등 뒤편에 모여 서서 그 광경을 지켜보는 임부들은 견딜 수가 없는지 헛구역질을 해댔다.

　　하지만 남장후는 대수롭지 않다는 듯 그의 발을 턱 끝으로 가리키며 물었다.

　　"왜지? 굳이 죽일 필요가 있었나? 너의 후예인데?"

　　멸세천마가 눈을 좁혔다.

　　"내 몸에 무슨 짓을 했는지 알지 않나?"

　　남장후가 코웃음 쳤다.

　　"훗. 네 후예니까 당연하지 않나?"

　　멸세천마는 좁혔던 눈을 크게 뜨며 살짝 고개를 끄덕였다.

　　"흐음. 그도 그렇군."

　　그러더니, 어깨를 으쓱했다.

　　"뭐 다른 이유도 있고."

　　"뭐지?"

　　멸세천마가 엄숙한 표정을 지으며, 단호히 말했다.

　　"난 나쁜 놈들이 싫어."

　　침묵이 맴돈다.

　　멸세천마가 표정을 풀고 빙긋 웃었다.

　　"안 웃기나? 요즘 농담은 좀 다른가? 삼백 년 전에는 제법 통하던 농담인데."

　　"농담이었나? 정말 싫어하는 줄 알았지. 나처럼."

　　멸세천마가 고개를 젖히고 크게 웃음을 터트렸다.

"푸하하하하핫! 웃긴데? 삼백 년 만에 웃어보는군."

"정말인데?"

"그럼 더 웃기고. 푸하하하하하하핫!"

그러며 멸세천마는 더욱 크게 웃어댔다.

남장후는 담담한 표정으로 말했다.

"몸을 제대로 추스르려면 더 걸리나? 그러지 말고, 그냥 말로 해. 얼마나 더 기다려 주면 되지?"

웃음이 뚝 멈췄고, 쩍 벌어졌던 멸세천마의 입이 다물렸다. 그러며 손을 들어 제 머리를 긁적였다.

"모르는 척 좀 해주지 그래. 계속 창피하잖나."

남장후가 코웃음 쳤다.

"그렇게 알몸으로 서 있는 게 더 창피하지 않나?"

그 순간 멸세천마의 비늘같은 피부가 툭툭 튀어나오더니, 얼굴과 목, 가슴과 배 만을 남기고 검붉게 변했다.

멸세천마가 씩 웃었다.

"됐나?"

"볼 건 다 봤는데, 이제와 뭘 가려."

"하하하핫. 까칠하구만. 자, 이제 좀 제대로 된 대화를 나눠보지. 넌 뭐냐?"

"뭐 같은데?"

멸세천마는 골동품의 가치를 감정하는 사람처럼 예리한 눈으로 살핀 후 말했다.

"꼭 나 같아."

"비슷하다더군."

"누가?"

"온 세상이."

"그래? 너도 나 같은 짓을 한 건가?"

"더 했지."

그러며 남장후는 섬뜩한 미소를 입가에 그렸다.

멸세천마의 입모양 역시 남장후와 흡사하게 변해갔다.

"그래. 그렇겠지. 그럴 거야. 신기하네. 나와 비슷한 녀석이 있다니. 처음으로 동족을 만난 것만 같아. 이 기분을 뭐라고 해야 하지? 기쁘다는 건가? 즐겁다고 해야 하나?"

남장후가 느리게 고개를 저었다.

"아니. 화가 난다고 해야 하는 거야."

멸세천마의 미소가 짙어졌다.

"맞아. 속일 수가 없군. 화가 나."

"그렇지. 화가 날 거야. 동족? 웃기는 소리. 천적을 만난 것 같겠지. 나를 죽이지 못하면 살아갈 수 없을 것만 같은 충동이 들겠지? 어쩌면 내가 당해 될지도 모른다는 초조하기도 하겠지? 안 그래?"

멸세천마의 눈매가 얇아졌다.

"너도 화가 나느냐?"

"어떨 것 같아?"

멸세천마가 송곳니를 드러냈다.

"알지. 그런데 굳이 그럴 필요는 없지 않나? 함께 살아가기에도 세상은 넓잖아. 그러니 이제 그만 싸우는 게 어때?"

그들의 대결은 이제 시작되려는 게 아니라, 이미 시작된 상태였다.

굳이 주먹과 발길질이 오고 가야만 싸움이 아니다.

상대와 나의 위치와 간격을 따지고, 이용할 만한 지형지물을 둘러보며, 호흡의 틈을 살피고, 찌르고 들어갈 만한 약점을 ◎는다.

남장후는 멸세천마가 온전히 부활했다는 사실을 인지한 순간부터 그랬고, 멸세천마 또한 남장후가 알아챘다는 걸 느낀 순간부터 그랬다.

지금 시시껄렁한 대화를 나누는 이유는 둘 모두 아직 공격할만한 틈을 찾지 못한 탓이었다.

그건 둘 모두가 낯선 경험이기도 했다.

대결을 위해, 이기기 위해, 이처럼 긴장하고 신중했던 적이 언제던가?

남장후가 말했다.

"그래. 세상은 제법 넓지. 함께 어울려 살지는 않더라도, 나누어 살기에는 충분하겠지."

천마재생

멸세천마가 환한 미소를 그렸다.

"이제야 말이 통하는 군. 우리는 친구처럼 잘 지낼 수 있을 거야."

"친구라. 그래, 그럴 지도 모르겠어."

그러며 남장후는 반쯤 몸을 돌렸다. 그리고 멸세천마 역시 그에게서 눈을 떼었다.

그리고 서로에게 용건이 없다는 듯 반대방향으로 발을 내딛었다.

다음 순간 남장후와 멸세천마의 모습이 사라졌다.

콰아아아아아아아아아아아아아아앙!

아무것도 없던 공중에 굉음이 울리며, 바람이 몰아친다.

동시에 사라졌던 남장후와 멸세천마가 그곳에서 주먹을 마주 붙인 모습으로 나타났다.

남장후와 멸세천마를 노려보며 송곳니를 드러냈다.

"그만 하자며?"

멸세천마 역시 날카로운 송곳니를 드러내며 사납게 속삭였다.

"역시 말이 안 통해."

그러며 다른 손을 주먹 쥐어 남장후를 향해 뻗었다.

기다렸다는 듯 남장후 또한 주먹을 쥐어 마주 날리고 있었다.

콰아아아아아아아앙!

시대를 달리하여 살았던 두 천마의 대결은 그렇게 시작되고 있었다.

†

　공포(恐怖)를 창출하는 이는 초연해야 한다.

　언젠가 자신이 유포한 공포에 삼켜질 것을 각오하여야 한다.

　공포란 그런 것이다.

　세상에 재앙으로 인식되며 천마라는 이름의 공포로 불리는 두 존재가 마주했다.

　수라천마 장후와 멸세천마 고극.

　그 둘은 공포의 본질을 잘 안다.

　아니, 공포 그 자체이다.

　그렇기에 그들은 언젠가 돌아올 공포를 마주할 때가 올 것임을 알고 있었다.

　오늘이 그 날인가 보다.

　그렇다면 누가 누구의 공포가 될 것인가?

　누가 누구의 재앙이 될 것인가?

　콰아아아아아아아아아앙!

　멸세천마의 거대한 몸이 바닥을 구르며, 십여 채의 얼음 전각을 휩쓸었다.

"으으으으윽!"

신음을 흘리며 벌떡 일어선다.

그 순간 푸른빛의 기둥이 그의 심장을 노리며 들이닥쳤
다.

남장후가 뿜어낸 수라마안이었다.

멸세천마의 전신을 휘감은 검붉은 비늘이 살아있는 것
처럼 움직여 빠르게 심장부위로 모여들었다.

콰아아아아아아앙!

심장부위를 가격당한 멸세천마는 바닥에 고랑을 만들어
내며 뒤로 밀려났다.

그의 심장을 꿰뚫어 버릴 듯이 뿜어지던 수라마안은 가
늘어지더니 사라졌고, 대신 남장후가 그의 앞에 모습을 드
러냈다.

푸른 빛으로 휘감긴 오른팔을 내지른다.

빛의 유성이 튀어나와 멸세천마의 머리를 노리고 날았
다.

파천육비절예 중 하나인 파천유성비였다.

멸세천마는 급히 두 팔을 들어 올려 팔뚝을 겹쳐 얼굴을
가렸다.

콰아아아아아아아앙!

꽝음이 울리며 멸세천마의 상체가 뒤로 꺾였다.

남장후는 바로 다른 팔을 주먹 쥐어 휘둘렀다.

푸른 번개가 튀어나와 멸세천마의 몸을 찢고 가르며 나
아갔다.

파천육비절예 중 하나인 파천벽력비!

"크으으으으으으윽!"

멸세천마는 비명을 지르며 뒤뚱거렸다.

갈라진 피부의 틈 사이로 새하얀 물줄기가 튀어나왔
다.

멸세천마의 피인가 보다.

남장후는 다시 주먹을 쥐어 뻗었다.

푸른 기운이 뻗어 나와 파도가 되어 거대한 멸세천마의
몸을 뒤엎었다.

파천육비절예 중 하나인 파천해일비였다.

"으아아아아아아악!"

멸세천마는 하얀 핏물을 뿜으며 주저앉았다.

공중에 떠오른 남장후가 그를 향해 주먹을 내지른다.

푸른 회오리바람이 튀어 나와 멸세천마를 향해 내렸
다.

파천육비절예 중 하나인 파천폭풍비였다.

"으아아아아아악!"

푸른 폭풍에 휘말린 멸세천마의 몸이 바닥 속으로 계속
파내며 내려갔다. 그의 몸을 빼곡하게 채운 검붉은 비늘이
폭풍을 견디지 못하고 떨어져 날아다녔다.

비늘 속에 숨겨져 있던 멸세천마의 살점이 찢기고 끊어져 폭풍 속에 휘날렸다.

"으아아아아아아아아아악!"

푸른 폭풍은 점차 잦아들더니 사라졌고, 넝마가 되어버린 멸세천마가 모습을 드러냈다.

공중에 떠있던 남장후의 몸이 천천히 그의 앞에 내려앉았다.

멸세천마는 이미 대항할 힘을 잃었는지, 그저 꿈틀거리고만 있었다.

그런 멸세천마를 바라보던 남장후가 입을 벌렸다.

"내가 우스운가? 왜 숨기고 있지?"

멸세천마의 입매가 길게 늘어났다.

"뭘?"

"뭐냐. 꺼내봐라."

"그렇지 않아도 이제 꺼낼 참이야. 더 버텼다가는 정말 죽을 것 같아서."

드드드드드드드드드득.

멸세천마의 전신에 거미줄처럼 갈라지기 시작했다.

그 사이로 검붉은 빛살이 튀어 나와 닿는 모든 것을 불길함으로 물들였다.

멸세천마가 속삭이듯 말했다.

"처음이야, 나를 제대로 보이는 것은."

남장후의 얼굴이 긴장으로 굳었다.

그 사이 균열은 멸세천마의 얼굴까지로 이어졌고, 쩍쩍
갈라져 떨어지기 시작했다.

멸세천마가 말했다.

"부탁하지. 감당해다오, 나를. 잠시 뿐이라도."

콰아아아아아아앙!

멸세천마가 포탄처럼 터졌다.

멸세천마가 있던 자리, 검붉은 빛의 덩어리가 모습을 드
러냈다.

그건 딱 남장후 정도만한 크기였다.

멸세천마의 심장일까?

아니다.

팔과 다리, 머리가 보인다.

빛으로 이루어진 사람만 같았다.

그 순간 남장후가 외치듯 말했다.

"원영신(元嬰身)?"

†

천도(天道)를 깨달아, 초월을 꿈꾸는 구도자들은 그리
이야기 한다.

존재하는 모든 건 신화(神化)할 수 있다!

천마
재생

정말 그럴까?

그렇게 떠들어 대는 구도자들에게 당신의 말이 진정이냐고 묻노라면, 열 중 아홉은 입을 다물고 외면할 것이다.

신(神)이 된 존재가 있던가?

그 이전에 신(神)이란 존재하던가?

존재한다면 어떠한 형태로 존재하는가?

그러한 본질적인 질문은 외면한 채, 구도자들은 다양한 방식으로 신을 추종하고, 사람이 신에 이르는 방법과 단계를 정하며, 그 단계에 맞추어 일어나는 현상까지 지어내었다.

하지만 보았다는 이 없고, 들었다는 이 없다.

모두가 허구의 산물일 뿐이라는 거다.

무림인 역시 어찌 보면 구도자 중 한 부류이기에, 신에 이르는 과정을 세 단계로 구분하여 부른다.

첫 번째가 절정(絕頂).

사람이 무로써 닿을 수 있는 최고의 경지이다.

두 번째가 입신(入神).

절정을 넘어서면 사람의 틀을 벗어던지며 초인(超人)의 영역에 들어선 이들이 나온다.

그들을 절대고수라고도 부르는데, 그 중에서도 일부가 무공의 틀에 담을 수 없는 초능을 얻고는 한다.

그런 이들을 입신(入神), 즉 신에 들어선 존재라고 부른다.

입신의 경지에 들어선 이들은 실제로 한 시대에 한두 명씩 존재하며, 강호무림의 천하제일로써 구가된다.

그리고 세 번째가 신화(神化).

말 그대로 신 그 자체가 된다는 뜻이다.

하지만 강호무림의 역사상 신화에 이른 존재는 나온 적이 없다.

그저 입신을 넘어서면 그런 단계가 있으니 믿으라고 떠들 뿐이다.

혹자들은 강호무림에 천마라고 불렸던 세 명의 이질적인 존재가 이 신화의 경지에 도달했다고 여기곤 했다.

하지만 그들이 실제로 신화에 이르렀는지는 모를 일이다.

본인만이 알고 있겠지.

그러면 정말 신화에 이른 이가 있다면, 그는 어떠한 형태로 존재할까?

그 또한 아무도 모른다.

오직 신화에 도달한 존재만이 알 수 있겠지.

"원영신(元嬰身)?"

남장후는 그렇게 속삭였다.

혹은 원영신(元瓔神)이라고 불리는 검붉은 빛으로 이루어진 사람 형태의 존재.

저것이 바로 신화에 이른 존재가 보이는 형태였다.

천마
재생

아니, 사람이 신이 되었음을 알리는 현상이었다.

원영신은 사람이 아니다.

생명이라 할 수도 없다.

존재한다고 하지도 못한다.

원영신은 아무것도 아니다. 또한 모든 것이기도 하다.

무엇이든 될 수 있고, 무엇이라도 아닐 수 있다.

보라.

검붉은 빛의 덩어리 속에 꿈틀거리는 근육과 내장, 뼈를!

모든 게 빛으로 이루어져 있다.

그렇기에 원영신은 형체를 이루고 있는 듯 보이기는 하지만, 환상과도 같이 만질 수도 없고 느낄 수도 없다.

반대로 원영신은 무엇이든 이룰 수 있고, 무엇이든 파괴할 수 있다.

모순적이며 이기적인 존재이다.

생명 그 자체를 초월해버린 것이다.

원영신이 되어버린 멸세천마가 입을 열었다.

"역시 원영신을 알고 있었나?"

멸세천마는 굳이 소리를 내어 말할 필요는 없었다. 그저 의지를 보내면 남장후에게 전달될 수 있었다.

그럼에도 굳이 말을 하는 건, 사람으로써 살았던 때의 습관적인 행동일 것이다.

원영신이 된 멸세천마의 빛깔이 굳이 저리 탁한 검붉은 색인 이유도 그의 의지와 성향이 그러한 빛으로 표출되기 때문이었다.

그의 의식이 악하며, 성향은 독하다는 뜻이겠지.

멸세천마가 다시 말했다.

"알고는 있지만 닿지는 못했나?"

남장후는 아무 대꾸도 하지 않았다.

멸세천마는 속삭였다.

"역시 내가 유일한가?"

이번에도 남장후는 그저 입만 굳게 다물고만 있었다.

멸세천마는 알았다는 듯 고개를 살짝 끄덕였다.

"그렇군. 나뿐이군."

그의 목소리에는 실망과 뿌듯함이라는 감정이 절반씩 뒤섞여 있었다.

남장후가 자신의 위치에 이르지 못했다는 확신이 드니, 고고(孤高)함을 느끼는 모양이었다.

위이이이이이이이잉!

남장후의 등에서 푸른빛이 뿜어져 나와 세 쌍의 팔로 변해 갔고, 동시에 미간에서는 푸른빛으로 이루어진 눈동자가 떠올랐다.

남장후의 독문절기인 파천육비절예와 수라마안을 준비할 때 벌어지는 현상이었다.

천마재생

하지만 멸세천마는 가소롭다는 듯한 미소를 그렸다.

멸세천마가 갑자기 두 팔을 들어올렸다.

그러자 주변에 숨어 있던 자은마맥 마인 중 아직 살아남은 이들이 둥실 허공에 떠올랐다.

무슨 짓을 하려는 걸까?

멸세천마가 두 팔에서 검붉은 빛으로 이루어진 안개가 흘러나와 허공중에 떠올라 있던 자은마맥의 마인들을 향해 나아갔다.

검붉은 안개에 휘말린 자은마맥의 마인들은 달라붙더니, 하나로 엮이어 갔다.

"으아아아아아아악! 이게 뭐, 뭐야!"

"살려, 살려줘!"

"으아아아아아아아아아악!"

살과 살이 엮이고, 튀어나온 내장과 내장이 하나가 되며, 뼈와 뼈가 꺾이고 붙는다.

기괴하면서도 두려운 광경이었다.

대체 어떻게 된 걸까?

원영신은 창생(蒼生)과 소망(消亡)의 근원적인 힘인 선천지기의 정화라고도 할 수 있다.

그렇기에 생명을 창조할 정도까지는 아니지만 변형시킬 만한 힘은 있었고, 그 힘으로 자은마맥의 마인들을 이용하여 뭔가를 만드는 것이다.

얼마 지나지 않아 참혹한 변형의 과정이 끝이 났고, 하나가 된 자은마맥의 마인들은 마치 거대한 손의 형태가 되어 있었다.

손바닥과 손등, 손가락의 표면은 자은마맥 마인의 얼굴로 되어 있었다.

수십여 개의 얼굴들이 다닥다닥 붙은 채 울부짖는다.

"살려줘!"

"돌려줘어어어어!"

"내 몸이! 내 몸을!"

상상조차도 할 수 없을 만큼 흉측했다.

하지만 남장후의 표정은 그저 담담할 뿐이었다.

멸세천마가 남장후 쪽으로 손을 뻗었다.

그러자 자은마맥의 마인으로 이루어진 거대한 손이 남장후를 향해 날았다.

그 순간을 기다렸다는 듯 남장후의 수라마안이 크게 부풀더니, 다가오는 거대하고 흉측한 손을 향해 푸른빛의 기둥을 뿜었다.

쏴아아아아아아아아아아아아!

손바닥의 표면, 빛의 기둥에 닿은 부위에 놓인 얼굴이 터져 나간다.

"으아아아아아악!"

"안 돼애애애애애!"

천마재생

그 주변에 놓인 얼굴이 두려움에 마구 울부짖어댔다.

그럼에도 손은 조금씩 남장후를 향해 나아갔다.

수라마안으로 어찌할 수 없다고 판단했는지, 남장후가 오른 손을 주먹 쥐어 등 뒤로 뺐다.

날개처럼 오른 쪽 등에 달려 있던 세 개의 푸른빛으로 이루어진 팔 중 하나가 내려와 그의 오른팔에 겹쳤다.

파천육비절예 중 하나를 시도하려는 듯했다.

그런데 오른 쪽 등에 남아있던 두 개의 푸른빛 팔 중 하나가 또 내려와 오른 팔 위에 겹쳤다.

이어 세 번째 푸른빛의 팔도 내려와 겹친다.

세 개의 푸른빛의 팔을 머금은 남장후의 오른 팔이 당장에 터질 것처럼 꿈틀거렸다.

더불어 하늘빛처럼 푸르던 색이 하얗게 변해갔다.

그 사이 손바닥은 남장후를 집어삼킬 듯이 가까워져 있었다.

하지만 남장후는 담담한 표정으로 바라보며 속삭였다.

"두 번째군. 후이비(後二臂)를 발현하는 건."

남장후가 창안한 파천육비절예는 전사비(前四臂)와 후이비(後二臂)로 나뉜다.

그 중 세상이 아는 건 파천유성비와 파천해일비, 파천폭풍비, 파천벽력비로 이루어진 전사비 뿐이었다.

후이비는 창안했으나 사용할 일이 없었다.

오직 한 번, 과거 집마맹의 맹주였던 혈제를 죽일 때 외에는.

사실 혈제를 죽일 때에도 굳이 후이비를 사용할 필요까지는 없었다.

그저 삶의 목적이었던 집마맹의 궤멸이 눈앞에 두었던 그 순간, 충만함을 느끼려 사용했던 것뿐이었다.

그렇기에 만들어 놓고도 잊고 살았다.

지금까지는.

그렇기에 불러본다.

지어놓은 후 단 한 번도 불러본 적 없는, 후이비 중 첫 번째 팔의 이름을.

"파천혼비(破天混臂)."

동시에 남장후는 손을 향해 오른 주먹을 내질렀다.

콰아아아아아아아아아앙!

하얀 빛의 물결이 손아귀를 휩쓴다.

그건 파도와 흡사했다.

아니, 어찌 보면 유성 같기도 하였으며, 번개처럼도 보였고, 폭풍인 듯도 싶었다.

전사비를 일시에 뿜어낸 것만 같다.

콰아아아아아아아앙!

흉측하고 거대한 손을 일시에 깨어지고 부서져 사방으로 흩어졌다.

남장후는 바로 멸세천마를 향해 몸을 날렸다.

왼팔을 뒤로 젖힌다.

등 왼쪽 부위에 매달려 있던 세 개의 푸른 팔이 내려와 왼 팔에 스며들었다.

위이이이이잉!

파천혼비와 달리 색이 칠흑만큼 검게 변했다.

남장후는 검게 물든 왼팔을 멸세천마에게 뻗었다.

콰아아아아아아아앙!

멸세천마는 검은 빛에 의해 갈라지고 깨어지더니, 산산 조각이 나 흩어졌다.

남장후는 뻗었던 팔을 내렸다.

어쩐지 표정이 어둡다.

"역시 파천돈비(破天沌臂)로는 무리였나?"

남장후는 그렇게 속삭이며, 고개를 왼쪽으로 돌렸다.

그곳에 검붉은 빛이 맺히더니, 점점 부풀고 늘어나 사람의 형태를 이루어냈다.

멸세천마는 빙긋 웃으며 말했다.

"그 무공의 이름이 파천돈비인가? 엄청나군. 평생 처음 겪어."

남장후가 짧은 한숨을 섞어 대꾸했다.

"위로해주니 고맙군."

"진심이야. 방심했다가 의식을 잃을 뻔했어."

원영신은 생명이 아닌, 그저 선천지기의 정화이다.

그러니 존재할 수는 없다.

그럼에도 원영신이 멸세천마라는 존재로 유지되는 건, 오직 멸세천마의 의식이 울타리의 역할을 하고 있기 때문이었다.

그러니 의식을 잃는다는 건, 멸세천마라는 존재의 소멸이라 할 수 있었다.

"덕분에 아쉽게도 시간이 얼마 남지 않았어."

멸세천마라고 하여도 원영신을 오래 유지할 수는 없었다.

자연만물의 흐름은 광대하여, 육체가 없는 의식은 흩트려 흐름 속에 동화시킨다.

그러니 신화(神化)란, 멸세천마가 자의식을 유지할 수 있는 동안만 사용할 수 있는, 제한적인 존재의 방식이었다.

그 시간이 얼마 남지 않은 모양이다.

멸세천마가 말했다.

"이제부터 내 차례야. 너를 죽이고 너의 시체를 찢고 갈라, 새로이 만들 내 육신의 양분으로 삼으마. 그럼으로써 너를 두고두고 기억하마. 나의 승리를 두고두고 만끽하마."

그러자 남장후가 그를 향해 돌아서며 낮게 목소리를 깔아 말했다.

천마재생

"네 차례는 없어."

그러며 슬며시 미소를 짓는다.

"처음이지?"

"뭐가?"

"원영신을 이룬 건? 아마 처음일 거야. 그렇지?"

그랬다.

멸세천마는 이곳에 잠들어 있었던 건, 수명을 다한 탓에 만년빙정의 극음지기를 흡수함으로써 부활을 시도함이 아니었다.

만년빙정의 극음지기를 통해 고작 반걸음을 앞에 두고 닿지 못하는 신화의 경지, 즉 원영신을 이루고자 함이었다.

그리고 이렇게 이루어냈다.

그게 뭐 어쨌단 말인가?

남장후의 미소가 짙어졌다.

"그러니 그리 어설프지. 원영신으로 나선다는 게 어떤 의미인 줄도 모르니."

멸세천마의 얼굴이 굳었다. 하지만 바로 풀어내며 피식 웃었다.

"유언인가? 아니면 시간을 끌어보자는 발악이냐?"

위이이이이이잉.

남장후의 등 뒤로 푸른빛이 솟구치더니, 여섯 개의 팔로 맺혔다. 푸른빛의 팔은 일제히 내려와 남장후의 팔 속에 스며들었다.

남장후의 두 팔이 하얗고 검게 물든다.

"알려주지. 넌 죽어. 가만히 놔두어도 죽을 수밖에 없어."

"내가 계속 들어주고는 싶은데, 시간이 없네."

"육신을 재생해? 원영신을 담을 수 있는 육체란 있을 수 없어. 그렇기에 원영신을 개방하면 돌릴 수가 없어. 결국 의식을 잃고, 자연의 흐름에 동화되어 사라질 수밖에 없지. 그걸 두고 우화등선이라고 하더군."

"시간이 있더라도 들어줄 수가 없네. 아니, 들어주기가 싫어. 어디서 주워들었는지 모르지만, 그럴듯하기는 해. 그러니 나머지 이야기는 다음 세상에서 떠들어 보거라."

"그럴듯할 수밖에 없지. 직접 겪어보았으니까."

멸세천마의 표정이 일그러졌다.

"네가 원영신을 이루었다고?"

남장후가 하얗고 검게 변한 두 팔을 천천히 들어올렸다.

"그냥 두어도 사라질 너를 굳이, 애써 내 손으로 없애려는 이유를 알려줄까?"

위이이이이이잉.

남장후가 송곳니를 드러내며 사나운 표정으로 말했다.

"난 정말 나쁜 놈들이 싫거든."

동시에 남장후는 두 팔을 주먹 쥐어 맞부딪쳤다.

콰아아아아아아아아아앙!

고막을 찢을 듯이 터지는 굉음 사이로 남장후의 속삭임이 끼어들었다.

"혼돈합비(混沌合臂), 파천황(破天荒)."

†

남장후가 수라천마 장후였던 시절, 신화경 혹은 탈마라고 불리는 경지에 이른 후, 이런 생각을 했다.

'내가 유일한가?'

답은 쉽게 나왔다.

물론 지금은 유일할 것이다.

하지만 무림의 역사를 통틀어 본다면, 무이(無二)하다고 할 수는 없었다.

세상은 말한다.

무림이 생긴 이래 신화한 존재가 셋이 있으니, 그들 모두를 천마라고 부른다고.

시천마와 멸세천마.

그들이 진정 신화의 경지에 오른 건지는 아무도 모른다.

하지만, 그 가능성만은 무시할 수는 없었다.

그러니 다음 시대에 혹은 지금 이 순간에 이 세상 어딘가에 누군가가 자신처럼 신화의 경지에 이르렀을 가능성도 배제할 수 없다.

그리고 그 존재가 나의 앞을 막아설 수도 있다.

그런 결론을 내리니, 안심할 수는 없었다.

때문에 수라천마 장후는 신화경에 이른 이를 소멸시킬 수 있는 힘을 갖추기를 시도했다.

하지만 그 시도는 결실을 이루지 못했고, 수라천마 장후는 자신이 염원하던 집마맹을 궤멸시킨 후, 은거에 들려 하다가 수명이 다해 죽었다.

그리고 남장후로 다시 태어나게 되었고, 이번 삶은 그저 농부가 되어 논과 밭을 일구며 살겠노라 결심했다.

하지만 전생의 기억과 습관이 그를 가만 놓아두지 않았다.

그렇기에 남장후는 전생에 일흔이 넘도록 일심으로 매진해야만 이룰 수 있었던 탈마의 경지를 열 살 이전에 전생의 실력을 회복할 수 있었다.

의도하지 않았기에 가능했던 건지도 모른다.

집착을 버렸기에 다가왔던 것인지 모른다.

아니면, 그를 재생케 해준 근원의 의지가 그리 되도록 운명지은 건지도 몰랐다.

그게 끝은 아니었다.

천마재생

신화한 존재를 소멸할 수 있는 힘까지 얻고 말았다.

그 무엇이든 없앨 수 있는 파멸의 힘!

명명 짓기를 파천황(破天荒)!

바로 이것이었다.

위이이이이이잉!

파천육비절예의 후이비, 파천혼비와 파천돈비가 엮인다.

하얗고 검은 기운이 뒤섞이며 원을 이루어 내기 시작했다.

하얀 빛의 띠를 두른 칠흑의 원구(圓球).

남장후가 속삭였다.

"가져라. 이것이 너의 죽음이다."

그러며 칠흑의 원구, 파천황을 멸세천마 쪽으로 툭 밀었다.

†

파천황을 본 순간, 멸세천마는 두려움을 느꼈다.

원영신으로 화했기에 멸세천마는 사람으로써의 감정을 느낄 수가 없었다.

감정을 담은 듯이 드러낸 말이나 표정은 그저 멸세천마의 의지에 담긴 습관에 불과했다.

그러나 지금 이 순간 든 감정은 그저 두려움이었다.

운명인 듯 다가온 예감이었다.

저건 죽음이다.

원영신조차 소멸시키는 파멸 그 자체이다.

멸세천마는 도망치려 했다.

저 파천황에게서 멀리 떨어져야만 했다.

하지만 어째서인지 옴짝달싹 할 수가 없었다.

그저 다가오는 파천황을 바라보는 것 외에는 아무것도 할 수가 없다.

스스스스스.

멸세천마의 가슴 부위가 검붉은 빛가루가 되어 파천황 쪽으로 흘렀다.

파천황이 품은 어둠이 검붉은 빛 가루를 그대로 몸 안으로 삼키었다.

멸세천마가 아이처럼 외쳤다.

"안 돼! 저리 가!"

발광하듯 손발을 휘돌린다.

그럴 때마다 멸세천마의 주변에 있는 빙석이 떠올라 파천황 쪽으로 날아갔다.

하지만 파천황은 그 모든 것을 어둠 속에 집어넣으며 점점 부풀었다.

멸세천마는 몸을 뒤로 돌렸다.

천마재생

그리고 땅을 박차며 달리려 했다.

본래 멸세천마에게 이동이란 의미가 없었다.

그저 의식이 갈 곳을 장소에 정하는 순간, 원영신은 해체되었다가 지정한 장소에 재구성될 뿐이었다.

그런데 그럴 수가 없었다.

파천황이 그를 꽁꽁 묶어 버렸다.

땅을 박차고 몸을 날려도 제자리이다.

나아가지 못하고 끈에 묶인 것처럼 파천황 쪽으로 끌려 들어갈 뿐이었다.

그 사이에도 파천황은 점점 더 멸세천마에게 다가갔고, 결국 멸세천마의 등에 닿고 말았다.

닿는 순간 멸세천마는 아득함을 느끼며 동작을 멈췄다.

그는 이와 비슷한 느낌을 알았다.

만물의 생동하는 흐름, 근원의 의지의 속삭임.

의식을 버리고 존재를 해체하여 우리가 함께하자는 유혹과 유사했다.

다른 점이 있다면, 근원의 의지는 유혹이라고 할 정도이지만, 파천황은 강요하고 있었다.

스스스스스.

파천황은 그대로 멸세천마를 삼키어 갔고, 멸세천마는 반항을 멈추고 그대로 섰다.

고개만 돌려 파천황 뒤편에 구경하듯이 서 있는 남장후

를 바라본다.

이제 반신을 잃은 멸세천마가 말했다.

"난 결국 여기까지 인가?"

남장후가 대꾸했다.

"아쉬운가?"

멸세천마는 고개를 저었다.

"아니. 그냥 그런 거지."

"그래. 그냥 그런 거야."

멸세천마의 입가에 포근한 미소가 어렸다. 그러며 남장
후가 애처롭다는 표정을 지으며 말했다.

"넌 외롭지 않은가? 나와 함께 하는 게 낫지 않겠나?"

남장후가 고개를 저었다.

"아니. 난 사람이야. 외로울 리 없지."

멸세천마의 눈이 커졌다.

비로소 알겠다는 듯 고개를 끄덕인다.

"그렇군. 그러면 되었어."

"안다고 할 수 있는 게 아니야."

"그렇겠지."

그 사이 파천황은 멸세천마의 얼굴 절반만을 남겨두었
다.

멸세천마는 유언이라는 듯 말했다.

"외롭지 마라, 나처럼."

천마재생

남장후가 대꾸치 않고 피식 웃었다.

그 사이 파천황은 멸세천마를 모두 삼켜버렸고, 사라지기 직전 남긴 멸세천마의 한 마디가 떠돈다.

"반가웠다."

남장후가 파천황을 바라보며 속삭였다.

"난 별로."

아마 멸세천마는 듣지 못했을 것이다.

그러니 실망하지는 않겠지.

그 역시 사람이었다.

하지만 조금 남다른 사람이었기에 외로웠고, 외로웠기에 사람이 아닌 존재가 됨으로써 자신의 고독을 물리치려 했겠지.

'내가 복수에 미쳤던 것처럼.'

하지만 동정해서는 안 되고, 이해해서도 안 되었다.

그저 알 뿐이다. 그리고 지울 뿐이다.

드드드드드드드드드드.

파천황이 부풀어 가고 있다.

멸세천마라는 먹이를 삼킨 파천황은 포만감을 견디지 못하고 곧 터져 버릴 것이다.

그때 분출되는 힘은 엄청날 것이다.

남장후 조차도 안심할 수 없을 만큼!

남장후는 빠르게 달려가 파천황을 붙잡았다.

그의 얼굴이 일그러진다.

"으흠. 해체가 되지 않는군."

멸세천마를 삼킨 탓이다.

이럴 가능성이 있기에 파천황을 구사하지는 않으려 했는데…….

포기하고 당장 피해야만 했다.

파천황이 분출한 힘은 이 자은빙성 자체를 없애버릴 테니까.

하지만 남장후는 움직일 수가 없었다.

멀리서 바들바들 떨며 자신을 바라보고 있는 수백여 명의 임부 때문이었다.

'그렇다면?'

남장후는 파천황은 양팔로 굳게 쥐었다. 파천황에 맞닿은 부위가 일그러졌지만, 상관없었다.

온 힘을 다 내어 파천황을 굳게 쥔 채, 거칠게 몸을 휘돌린다.

"으아아아아아아아아아아압!"

파천황이 자은빙성의 정문이 위치한 방향으로 날아갔다.

쉬아아아아아아아아아아!

지나치는 자리에 놓인 모든 걸 삼키며 점점 커진다.

결국 정문마져 삼키고 뻗어나가 멀리 사라졌다.

남장후는 임부들이 있는 방향으로 몸을 날리며 외쳤다.

"모두 엎드려!"

임부들은 일제히 뒤로 눕거나 주저앉았다.

그 사이 남장후가 그들의 앞에 도착했고, 두 팔을 휘저어 푸른 빛의 장막을 만들었다.

번쩍.

정문 쪽 멀리 검붉은 빛이 솟구쳤다.

잠시 후, 하얀 눈의 폭풍이 밀려들었다.

쏴아아아아아아아아!

밀려든 눈의 폭풍이 푸른빛의 장막을 가격한다.

모든 것을 집어 삼킬 것처럼 맹렬했다.

임부들은 두 팔로 얼굴을 가리며 저마다 비명을 질러댔다.

하지만 한줄기 바람도 그녀들을 감싼 푸른빛의 장막을 뚫지는 못했다.

시간이 얼마나 지났을까?

머리가 울릴 정도로 강렬하던 바람소리는 멈추었고, 그 대신 남장후의 담담한 목소리가 임부들의 귀에 스며들었다.

"이제 일어나도 된다."

그 목소리에 안심이 된 임부들은 질끈 감았던 눈을 어렵게 벌렸다.

여인들이 눈이 커졌다.

하늘이 검붉다.

해질 무렵 잠시 볼 수 있던 노을만 같았다.

파천황이 터지며 분출한 힘이 만들어낸 기적같은 현상이었다.

노을 아래 보이는 건 새하얀 설원이었다.

그 거칠던 설풍에 휘말렸는지, 부서진 자은빙성의 건물과 성벽은 없었다. 자은마맥 마인들의 시체 또한 보이지 않았다.

자은마맥 그 자체가 없어졌다, 아예 처음부터 없었다는 것처럼.

온통 새하얗기만 하다.

남장후가 그녀들을 위해 준비했던 마차 쪽으로 몸을 돌렸다.

"타라."

임부들은 그를 가만히 바라만 보았다.

남장후는 빙긋 웃으며 말했다.

"집에 가야지?"

임부들은 그와 닮은 환한 미소를 그렸다.

잠시 사이 임부들은 나뉘어 마차에 올랐고, 마차는 누구도 밟은 적 없는 새하얀 설원 위에 선을 그리며 검붉은 노을을 향해 나아갔다.

천마재생

남쪽으로.

따뜻한 햇살과 푸른 땅으로.

다시 볼 수 없으리라, 여겼던 고향을 향하여.

†

검붉은 노을을 등진 검은 그림자가 속삭인다.

"결국 수라천마가 이겼군."

그 옆, 다른 그림자가 휘파람을 불렀다.

"대단해. 둘 다 이 정도였는 줄 몰랐어. 보고를 드리면
주인께서 천종서열(千宗序列)을 바꾸시겠는데?"

"수라천마를 몇 위로 기록하셨지?"

"십 사위던가? 그럴걸? 몇 위로 올리실까? 우리 내기 해
볼까? 지는 쪽이 팔 한 쪽 떼어내기. 어때?"

"팔위."

"너무 아끼는데? 난 오위."

그때, 두 개의 그림자 뒤로 거대한 덩어리가 모습을 드
러냈다.

"난 사위."

두 개의 그림자가 작아졌다. 몸을 숙여 절을 하는 모양
이었다.

"속하, 천종 이백팔십 육위 영이 외원주를 뵙습니다."

"속하, 천종 이백칠십 삼위 한이 외원주를 뵙습니다."

외원주라고 불린 거대한 덩어리가 말했다.

"멸세천마에게 심은 시마백린은 수거 했느냐?"

그림자 영과 한은 동체가 작아졌다.

"죄송하오나, 실패하였습니다."

"실패하였사옵니다."

외원주는 담담히 말했다.

"괜찮다. 멸세천마와 수라천마가 저 정도일 줄은 나 역시 몰랐으니. 주인께서도 이해해 주실 것이다."

"감사합니다!"

"감사합니다!"

외원주가 말했다.

"비문전인은?"

영이 바로 대꾸했다.

"나타나지 않았습니다."

외원주가 고개를 갸웃했다.

"호오. 그 녀석들이 왠일이지? 천외비문이 요즘 시끌벅적하다더니, 그래서 인가? 어찌되었든 놈들은 좋은 구경을 놓쳤군. 안 되었어."

그러며 외원주는 멀리 지평선을 향하여 멀어지고 있는 이십여 대의 마차를 향해 고개를 돌렸다.

"수라천마라고? 고금제일이라 불린다고?"

천마재생

외원주의 두 눈이 차가운 빛을 발한다.

"넌 네 번째에 불과해."

†

남쪽을 향해 나아가는 스무 대의 마차 중 가장 선두에 있는 마차 안, 남장후가 속삭였다.

"왔는가?"

그러며 뒤편으로 고개를 돌린다.

그의 눈에만 보이는 뭔가가 그곳에 있다는 것처럼 눈매가 예리해졌다.

"조금만 더 기다려. 아직 준비를 마치지 못했으니."

그러며 남장후는 볼 일을 마쳤다는 듯 눈을 지그시 감았다.

곁에 앉아있던 임부들은 영문을 알 수 없어 눈만 껌뻑였지만, 남장후는 잠이 든 것처럼 감은 눈을 다시 뜨지는 않았다.

그 사이에도 마차는 계속 남쪽을 향해 나아갔다.

세 달이라는 시간 동안 잠시도 쉬지 않았다.

빙하의 땅을 지났고, 사막을 경유하여, 결국 푸른 새싹이 돋고 있는 따사로운 고향에 도달할 수 있었다.

그 동안 일행은 일흔 명이나 늘어 있었다.

임부 중 일부가 오는 도중 출산을 한 까닭이었다.

남장후가 없었다면 불가능한 기적 같은 일이었다.

그럼에도 남장후는 항상 이렇게 말했다.

기적은 없어.

하지만 그럴 때마다 임부는 빙긋 웃으며 이렇게 대꾸했
다.

그래요 세상에 기적은 없지만, 우리에게는 은공이 있지
요.

라고……

NEO ORIENTAL FANTASY STORY

第八十八章.

이건 정말 아닌데……

第八十八章.

이건 정말 아닌데……

성하맹이 무너진 지도 벌써 오년이라는 시간이 지났다.

성하맹의 터는 제협회와 오륜마교의 공동출자한 단체, 협륜문이 차지했고, 협륜문의 문주인 권황 철리패는 강호무림의 새로운 강자로 떠올랐다.

협왕 위수한과 오륜마교의 첫째 교주 괴겁마령과 함께, 강호무림의 권력을 삼분했다고 하여, 강호삼패(江湖三覇)라고 불리고 있는 실정이었다.

그렇게 제협회와 오륜마교, 그리고 협륜문이라는 세 개의 세력이 서로 연계하며 강호무림은 안정을 되찾았다.

그렇게 알려져 있었다.

세상은 모른다.

성하맹의 뒤에 숨어 있던 악마사원이라는 절망을.

세상은 모른다.

그 마귀들이 강호무림을 집어삼키기 일보 직전까지 도달했었음을.

세상은 모른다.

지금의 안정과 평화를 만든 건, 제협회와 오륜마교가 아니고, 협륜문이 아니라는 것을.

세상은 알아야 한다.

그들이 재앙이라고 부르며 두려워했던 수라천마라는 사내가 있었기에 가능했던 기적임을.

세상은 알아야만 한다.

자신들이 그에 의해 구원받았다는 것을.

하지만 사람들은 자신들이 누리는 평온한 나날을 그저 당연히 받아들이며 지냈고, 그렇게 오년이라는 시간이 흘렀다.

그 동안 수라천마 장후라는 여섯 글자가 거론되는 적은 없었다.

그렇게 그는 그가 만들어낸 평화로 인해 잊혀져가고 있었다.

하지만 오년 전의 사건의 숨겨진 진실을 정확히 아는 아주 일부의 사람들은 이따금 궁금해 한다.

그는 어디서 무엇을 하고 지낼까?

살아는 있을까?

"이건 살아도 산 게 아니야!"

그렇게 외친 총대는 휙 고개를 돌려, 황금색으로 물든 가을 들녘을 바라보았다.

노랗게 익힌 벼가 바람에 따라 물결처럼 일렁인다.

참으로 고즈넉하면서도 풍요로운 광경이었다.

하지만 총대는 뭐가 그리 마음에 안 드는지 인상을 구겼다.

"더럽게 잘 익었네! 아주 그냥 제대로 풍년이야! 메뚜기 떼는 어디서 뭐하나! 저거 다 쓸어먹지 않고!"

퍽!

총대는 머리를 쓰다듬으며 뒤로 휙 고개를 돌렸다.

그곳에 한 사내가 뒷짐을 쥔 채 서 있었다.

대장이었다.

오년 전만해도 두 사람의 용모는 쌍둥이처럼 꼭 닮아서 구분할 수가 없었는데, 지금은 같이 놓아둔다고 해도 그저 닮았다고 여길 정도였다.

대장의 하관을 가린, 무성한 수염 때문일까?

그도 그렇겠지만, 눈빛과 분위기 때문일 것이다.

과거 대장이 무쇠를 녹여 뭉쳐놓은 듯이 단단한 인상이었다면, 지금은 낙척하여 산천을 유람하며 사는 나그네와 같은 분방함과 만인의 위에 군림해본 이만이 가질 수 있는 품격이 공존하는 느낌이었다.

오년이라는 시간을 헛되이 보내지 않았음을 증명해주는 듯한 변화였다.

"그게 무슨 망발이냐. 쯧쯔쯔. 어찌 넌 변함이 없느냐?"

대장이 한심하다며 하는 말에 총대는 한숨만 푹푹 쉬었다.

"다 알면서 그러십니까. 변할 일이 있어야 변하지요. 저것 보세요. 진짜 이거 너무하는 거 아닙니까? 내가 홍수가 나거나, 가뭄이 오라고 그토록 기원했건만, 또 이래요. 보세요. 풍작이라고요, 풍작! 오년 내내, 풍작이라니. 이게 말이나 됩니까? 이거 진짜 너무 하는 거 아니냐고요. 이러니까 주인님께서 저한테만 논밭을 맡기는 거 아닙니까?"

그러더니 갑자기 주변을 둘러본 후 아무도 없다는 걸 확인하자, 스윽하고 대장에게 다가가 은근한 목소리로 속삭였다.

"저기요, 대장. 제가 생각해 봤는데 말입니다."

"하지 마. 내가 하루에도 몇 번이나 말하지 않았느냐. 넌 생각 같은 거 하지 말라고."

"또 이러신다. 사람은 생각하는 동물이라고요. 자, 좀 들어나 보세요. 흑룡선이 놀고 있지 않습니까? 우리가 그걸 훔쳐, 아니 잠시 빌려서 바다로……."

총대가 말을 마치기 전에, 대장은 앞으로 걸음을 옮겼다.

하지만 총대는 그럴 줄 알았다는 듯 그림자처럼 따라 걸으며 계속 말을 이어갔다.

"해적이 되는 겁니다, 해적! 생각해 보십시오, 대장! 푸르고 광활한 바다를. 우리가 그 바다의 주인이 되는 겁니다! 대장, 저 바다가 우리를 부르고 있습니다!"

대장이 낫을 빼들었다.

순간 총대는 펄쩍 뛰어 물러나며 말했다.

"어허! 왜 이러세요?"

"왜 그러겠냐?"

"몰라서 묻는 거 아닙니까?"

대장이 눈을 얇게 좁혔다.

"알고 싶으냐? 정말 알려줘?"

총대가 갑자기 아이처럼 순한 미소를 지었다.

"아니요. 생각해 보니까, 모르는 게 나은 것 같아요."

"그래. 계속 그렇게 몰라라. 그냥 모르고 살아. 그리고 제발 좀 생각 같은 건 하지마. 알았느냐? 자, 이제 벼나 베자."

천마재생

대장이 그렇게 말한 후, 논을 향해 걸어가자, 총대는 다시 다가와 심각한 표정으로 물었다.

"그런데 주인님께서는 괜찮으시답니까?"

"뭘?"

"그거요."

"그거라니?"

"그거 말입니다, 그거."

"그거요, 그거. 그거 정말 큰일이잖습니까."

"아, 그거."

대장의 표정이 무거워졌다.

"그거, 정말 큰일이지."

"그러게요. 큰일이지요. 이 일로 세상이 한 번 뒤집힐 겁니다."

"그렇겠지."

†

협륜문의 내전, 깊숙한 곳.

팔이 하나 뿐인 노인이 보좌에 앉아있다.

한 때 잊혔던 인물이나, 오년 전 협륜문의 문주로 강호 무림에 재등장하여 현재는 천하를 삼분하는 권력자라고까지 불리는 인물, 권황 철리패였다.

그의 맞은 편, 협왕 위수한이 앉아있다.

두 사람은 서로를 노려보고만 있을 뿐, 아무 말도 하지 않았다.

침묵이 불편했을까?

위수한이 먼저 입을 열었다.

"그만 좀 합시다."

바로 철리패의 입이 벌어진다.

"뭘?"

"제가 뭘 그렇게 잘 못했다고, 저만 보면 외나무다리에서 마주친 원수 보듯 합니까."

"원수가 맞으니까."

그러며 철리패는 날카로운 송곳니를 드러냈다.

당장에 달려들어 물어뜯기라도 할 것만 같은 표정이었다.

그 순간 위수한이 움찔하며 자라처럼 목을 숨겼다.

과거 위수한은 제협회를 설립할 무렵 정파무림을 통폐합하기 위한 계획 중 일환으로 진무하가의 태상가주인 검성 하지후와 손을 잡고 철리패를 압박하여, 강제로 은거에들 수밖에 없도록 만들었다.

스스로 원하지 않았던 은거생활은 철리패에게 죽기보다힘든 고통의 나날이었고, 그랬기에 위수한은 그에게 원수라고 불려야 마땅했다.

위수한이 변명하듯 말했다.

"선배께서 제 입장이었어도 그랬을 겁니다."

"그래. 그 입장이 되어보아야 알겠군."

그러며 철리패는 고개를 주억거리며 섬뜩하게 눈을 빛
냈다.

위수한은 의자에 파고들 것처럼 숙이며, 속삭이듯 말했
다.

"혹시 용서를 해주실 아량은……."

철리패는 단호히 한 마디를 뱉었다.

"없어."

"우리가 이제 남도 아니고……."

"남보다 못하지."

그때였다.

"그만들 하지?"

철리패와 위수한의 고개가 목소리가 들린 쪽으로 돌아
갔다.

그들의 시선이 닿은 짙은 그늘 속, 지팡이를 쥔 새하얀
손이 보인다.

"대사(大事)를 논하러 모인 자리 아니었나?"

철리패의 표정이 굳었다. 하지만 바로 풀어내며 고개를
끄덕였다.

"그래. 대사(大事)를 처리한 후에 나의 소사(小事)를 다

시 나누어도 늦지는 않지. 그때는 하지후, 자네 역시 피할 수 없을 것이야."

검성 하지후!

천하제일가문이라 불리는 진무하가의 태상가주이며, 그늘에서 정파무림을 좌지우지하는 큰 손.

반쯤 은거를 자처하며 강호석상에 모습을 드러내지 않던 그까지 이 자리에 나섰다니.

현재 정파무림의 이끄는 세 거물이 모두 한 자리에 모인 것이다.

그들이 거론한 대사의 무게감을 엿볼 수 있는 단면이었다.

위수한이 진중한 얼굴로 목소리를 낮게 깔아 말했다.

"황궁은 벌써 움직였답니다."

철리패는 그럴 줄 알았다는 듯 느릿하게 고개를 끄덕였다.

"짐작은 했으나, 생각보다 빠르군."

하지후를 가린 그늘 속에서 목소리가 흘러나왔다.

"오륜마교는?"

위수한이 고개를 저었다.

"포기한 모양입니다. 그저 장후 선배께서 해결할 문제라 여기는 듯합니다."

"그분이 해결할 수 있을까?"

철리패가 묻는 말에 위수한은 고개를 저었다.

"아니요. 아무리 그 분이라 하여도 무리일 겁니다."

261

철리패가 무겁게 고개를 끄덕였다.

"그렇지. 이건, 그렇겠지."

위수한이 눈을 매섭게 빛냈다.

"하지만 우리는 이 날이 오기를 대비하며 오년 동안 준비하였습니다. 우리가 할 수 있습니다."

하지후의 엄숙한 목소리가 들린다.

"황궁 쪽도 만만치 않소."

"자신 없습니까?"

하지후는 대꾸치 않았다.

그늘 속, 두 개의 눈동자가 떠오르며 멀리 뒤편으로 향했다.

"너는 어떻게 생각하느냐?"

위수한과 철리패의 시선 역시 그를 따라 움직였다.

그 곳 무릎을 꿇고 앉아 있는 묘령의 여인이 보인다.

세 사내의 시선이 닿는 순간, 여인의 입이 스르르 벌어졌다.

"저는……."

†

창리현으로 이어지는 관도, 다섯 마리의 말이 이끄는 거대한 마차가 거칠게 달리고 있다.

마차의 앞뒤로 십여 기의 인마가 호위하듯 달리고 있었고, 그 중 한 마리의 말에는 금색 깃발이 꽂혀 있었다.

깃발의 표면에는 풍(風)이라는 한 글자가 새겨져 있다.

오두마차 안에 타고 있는 사람이 바로 황족임을 알리는 표식이었다.

무슨 바쁜 일이 있는 걸까?

마차를 이끄는 다섯 마리의 말이 땅을 박차며 만들어내는 말발굽소리가 우렁차다.

그럼에도 마부는 거칠게 채찍을 휘두르며 외쳤다.

"오늘 안으로 창리현에 도착하여야 한다! 서둘러라!"

그러자 다섯 마리 말은 고통어린 울음을 토하며 더더욱 빠르게 질주했다.

목적지인 창리현을 향하여.

그곳에서 벌어진 대사를 해결하기 위해!

†

세상은 이렇게 얘기한다.

그에게 한 가지 질문을 던져 보아라.

그러면 그는 만 가지 해답을 내놓을 것이다.

혹여 답이 없는 질문을 내놓아도 다르지 않다.

그는 답을 만들어서라도 내놓을 테니까.

천
마
재
생

그게 세상이 아는 수라천마 장후이다.

그리고 세상이 아는 바와 실상은 크게 다르지 않았다.

하지만 그래도 하여도 답을 낼 수 없는 질문이 있나보다.

"무슨 말이라도 해보거라."

중년여인의 앞, 이십대 중반의 청년이 무릎을 꿇고 앉아 있다.

여인은 나이가 들었으나 단아하며, 청년은 그린 것처럼 잘생겼다.

그렇기에 그들이 마주 앉아있는 모습은 한 폭의 그림처럼 보기 좋았다.

하지만 분위기는 그리 좋아보이진 않았다.

중년의 여인, 남부인은 엄한 어조로 말했다.

"무슨 말이라도 해보라지 않느냐."

이십대 중반이 된 남장후는 고개를 숙였다.

"저는……, 어머니. 제게 조금만 더 생각할 시간을 주었으면 합니다."

남부인은 답답하다는 듯 가슴을 두들겼다.

"인륜지대사이다. 무슨 생각을 삼년씩이나 하니. 더 이상 미룰 수는 없어."

그러며 남부인은 선언하듯 말했다.

"이 달이 가기 전에 혼인을 하여라."

그녀의 말투는 단호했다. 언제나 하나 뿐인 자식인 남장후의 의견을 받아들이거나 한 발 양보하는 그녀답지 않게 더는 물러서지 않겠다는 결심이 엿보였다.

남장후는 고개를 푹 숙이며 한숨처럼 속삭였다.

"큰일이군."

†

"저는……."

협륜문의 심처.

정파무림의 삼대거목인 위수한과 철리패, 하지후의 시선을 한 몸에 받고 있는 여인, 하소인은 망설였던 말을 이었다.

"저는 확신합니다. 저만이 그분의 아내가 될 수 있다고요."

위수한과 철리패는 흡족한 미소를 지으며 고개를 끄덕였고, 하지후의 손은 그녀의 자신감이 마음에 든다는 듯 지팡이를 부드럽게 쓸었다.

†

두두두두두두두두.

창리현으로 향하는 관도 위를 바람처럼 질주하는 오륜마차의 창문이 열리며, 아름다운 여인이 얼굴을 내밀었다.

천마재생

여인은 멀리 흐릿하게 창리현의 초입에 놓인 백운산이 보이자, 환한 미소를 그렸다.

반면 두 눈가에는 물방울이 맺혔다.

슬프기 때문일까?

아니다.

사람은 때론 너무 기쁘면 눈물이 나오기도 한다.

여인은 백운산이 사람이라도 된다는 것처럼 팔을 높이 들어올리더니, 자신을 보라는 듯 이리저리 저었다.

"안녕?"

그러더니 높이 들었던 손을 입가에 가져다대며 있는 힘껏 외쳤다.

"저 돌아왔어요!"

여인 풍희정은 그렇게 속삭이며 우는 듯이 웃었다.

그 사이에도 다섯 마리의 말은 땅을 박차며 백운산 너머 창리현을 향해 나아가고 있었다.

†

남자 나이 스물다섯이면, 성혼하여 자식 서넛 정도는 보아야 할 나이이다.

그게 남부인이 아는 상식이었다. 그리고 평화롭고 아늑하여 아이가 크고 자라기에 좋은 환경인 창리현의 현실이

기도 했다.

그렇기에 남부인은 자신이 아는 상식과 자신이 경험해온 현실에 맞추어 삼년 전부터 남장후에게 혼인을 종용해왔다.

하지만 남장후는 차일피일 미루기만 했고, 결국 남부인은 더는 미룰 수 없으니 이 달 내로 혼인을 치르자는 결단을 내리기에 이른다.

하지만 남부인은 알 수 없었다.

그녀의 결정이 세상에 얼마나 큰 파장을 일으켰는지를.

어쩌면 그녀만은 평생 모를지도 모르겠다.

†

아내란 남편에게 가장 중요한 조언자이며, 가장 힘이 되는 조력자이며, 가장 끝까지 남을 동반자이다.

그렇기에 권력자가 반려를 얻는다는 건 또 다른 권력이 생성된다는 의미이나 다름없다.

수라천마 장후가 반려를 얻는다?

수라천마 장후는 실세로서 군림하지는 않기에 존재함이 인식되지 않으나, 현 세상을 움직이는 이들만은 그가 바로 현 세상을 이루는 뿌리이며, 지난 오년 평화로운 나날의 원인이자 근거임을 알고 있었다.

천마재생

그렇기에 수라천마 장후에게 아내가 생긴다는 건, 온 세상의 권력자들이 주목할 만한 대사건일 수밖에 없다.

만약 현 세상의 실세 중 한 곳에서 수라천마 장후의 아내가 간택된다면?

수라천마 장후의 관심은 아무래도 그쪽으로 치우칠 수밖에 없을 것이다.

만약 경계를 한다고 하여도, 처가를 무시할 수 있는 사람은 드물다.

그리고 수라천마 장후는 그 무엇보다 가족을 소중히 여기는 사람이다.

과거, 죽은 아내와 아들의 복수를 위해 홀로 집마맹을 궤멸시킨 신화를 이루었던 이가 아니던가.

죽은 아내를 위해서도 그러한 역사를 이루었는데, 살아 있는 아내를 위해서라면 무언들 못할까.

그렇기에 사안의 중대성을 가장 먼저 인식한 황궁이 움직였다.

그리고 언젠가 이 날이 올 것임을 예상하고 있던 정파무림이 지난 오년 동안 준비했던 패를 꺼내들었다.

그렇다면 마도를 상징하는 오륜마교는?

수라천마 장후의 최측근이라고 할 수 있는 오륜마교의 교주들은 이 일을 그저 방관하고만 있을까?

오년 전, 객지에서 온 젊은이 둘이 어린 동생 둘을 이끌고 나타나 창리현 남쪽 남장후의 집 인근에 터를 잡고 살기 시작했다.

본래 낯선 외지인들은 경원시되기 십상이지만 청년과 소년들은 창리현에서 가장 어렵고 위험하고 일컬어지는 요주인물인 남장후를 형님이라 부르고 따랐기에, 어렵지 않게 창리현에 안착할 수 있었다.

창리현의 주민들은 그 청년과 소년들을 귀영(鬼影)이라고 불렀는데, 효악귀라는 별명을 가진 남장후의 그림자처럼 굴기 때문이었다.

때문에 귀영이 사는 집은 귀영원(鬼影院)이라고 부르기도 했다.

귀영원의 지하, 빛 한 점 스며들지 못하는 은밀한 장소에서 등불 하나를 켜 두고 세 사람이 앉아있다.

"이 일은 우리 역시 좌시할 수는 없어."

이십대 중반 정도로 보이는 차가운 인상의 청년이 그렇게 말하며 찻잔을 내려놓았다.

귀영의 첫째였다.

하지만 세상은 그 청년을 오륜마교의 첫째 교주이며, 수라천마 장후의 최측근인 괴겁마령이라 부를 것이다.

그의 맞은편에 앉은 이십대 초반의 청년이 동감이라는 듯 고개를 끄덕였다.

"그렇죠. 그럴 수는 없지요."

오륜마교의 둘째교주인 혈우마령이었다.

그의 옆, 이제 열대여섯 정도나 되었을까 싶은 소년이 눈을 빛낸다.

"시간이 그리 많지 않습니다. 오늘 우리가 어찌 처신을 할지를 정합시다."

소년, 오륜마교의 셋째교주인 월야마령이 하는 말에 괴겁마령과 혈우마령은 고개를 끄덕였다.

괴겁마령이 물었다.

"우선 현 상황을 알기 쉽게 정리해 보자."

그러자 월야마령이 입을 열었다.

"남부인께서 결단을 내리셨고, 기다렸다는 듯 황궁과 정파무림 쪽에서 여아를 보냈습니다. 그 둘 중 하나를 우리는 주모로 모셔야할 판국이지요."

혈우마령이 물었다.

"둘 중 하나가 아니라, 둘 모두가 될 가능성은 아예 없나?"

월야마령이 고개를 저었다.

"없습니다. 저 역시 그러길 바라지만, 아시지 않습니까? 영웅은 삼처사첩을 마다하지 않는다는데, 큰 형님께서는 한 명조차 어렵다 하십니다. 지키지 못했던 과거 때문이겠지요."

괴겁마령이 말했다.

"하지만, 둘 모두를 받아들여 정세의 안정을 유지하시겠다고 결단을 내릴 가능성도 배제할 수는 없지 않을까?"

월야마령이 살짝 고개를 끄덕였다.

"그렇지요. 자고로 임금된 자는 각지의 호족의 자녀 모두와 혼인을 함으로써 권력과 안정을 유지해왔습니다. 하지만 큰 형님께서는 자신의 가족을 도구로 여기실 분이 아닙니다."

괴겁마령과 혈우마령이 답답한 한숨을 내쉬었다.

남장후가 가족을 위하는 마음을 알기 때문이었다.

괴겁마령이 어쩔 수 없다는 듯 속삭였다.

"역시 우리도 나설 수밖에 없군."

월야마령이 급히 고개를 저었다.

"아니요. 우리는 움직여서는 안 됩니다. 저희까지 기회랍시고 패를 꺼냈다가는 큰 형님의 화를 살 수 있습니다. 지금도 큰 형님께서는 많이 참고 계십니다. 큰형님께서는 그저 남부인의 눈치를 살펴서일 뿐이지, 황궁과 정파무림의 수작을 모르실 리 없습니다. 아시지 않습니까? 가만두지 않으실 겁니다."

그러자 괴겁마령과 혈우마령이 침음성을 흘렸다.

월야마령의 의견이 옳았다.

천마재생

그들이 아는 큰 형님, 남장후는 기회랍시고 달려든 황궁과 정파무림의 의도를 모를 사람도 아니고, 내버려 둘 사람도 아니었다.

하기에 그들에게 경고를 하기 위해 나락으로 빠트릴 계획을 만들어 놓았을지도 모른다.

아니, 분명 그럴 것이다.

그건 황궁이나 정파무림 또한 알 만한 부분이었다.

그럼에도 황궁과 정파무림이 자기들 쪽 사람을 간택되기 위해 수를 쓰고 있는 건, 그만한 위험부담을 감수하고서라도 꼭 획득해야한다는 절박함이리라.

그런 생각을 하던 괴겁마령은 마침 발견했다는 듯 빈자리를 돌아보았다.

"그런데 다섯째는? 왜 아직 안 오는 거지?"

월야마령이 말했다.

"제가 남부인께 보냈습니다."

"왜?"

"심중을 헤아려 보라고요. 이 일은 큰 형님이 아닌, 남부인께서 결정을 내리기에 달려 있습니다. 그 분이 어찌 생각하시는지를 우선 파악해야 앞으로 벌어질 상황을 미루어 짐작할 수 있을 것입니다."

괴겁마령은 고개를 끄덕였다.

"그렇지."

혈우마령이 씁쓸한 미소를 머금고 말했다.

"대부인께서 다섯째를 가장 예뻐하시지 않습니까. 그게 또 문제이기도 하고요."

괴겁마령의 표정이 어색해졌다.

"그렇기는 하지."

오륜마교의 다섯교주가 혼인을 하여 아이를 낳았다면, 그들이 현재 남부인만 한 나이의 손녀가 있을 것이다.

하지만 큰 형님의 어머니이다 보니, 항상 웃어른으로 대해야만 했고, 교주들은 반노환동을 하여 어려졌기에 남부인 또한 어색함 없이 자식처럼 대했다.

특히 그녀는 이제 열 살 남짓 정도의 외모를 가진 천살마령을 예뻐하여, 눈에 보이면 언제나 끼고 다녔다.

어쩌면 남부인은 천살마령을 돌봐주다 보니, 어서 손자를 안고 싶다는 욕심이 들었는지도 모르겠다.

천살마령의 입장에서는 억울하겠지만, 현실이 그랬다.

월야마령이 말했다.

"우리는 자리를 제대로 잡아야 할 것입니다. 알지만 모르고, 방관할 수 없지만 지켜는 보아야 하니까요."

혈우마령이 물었다.

"어쩌라는 거냐? 어렵게 말고, 쉽게 가자."

월야마령이 말했다.

천마재생

"남부인께서 마음을 굳힌 이상, 아무리 큰 형님이라고 하여도 어찌할 수 없을 것입니다. 그렇다고 우리가 우리쪽 아이 한 명을 찍어 간택을 종용할 수도 없습니다. 그랬다간……, 굳이 설명치 않아도 다 아시지요?"

괴겁마령이 물었다.

"그렇다면?"

월야마령이 눈을 빛냈다.

"간택될 아이가 누구인지를 예측하여, 우리 쪽으로 끌어들이는 겁니다."

"간택될 아이를 우리 쪽으로?"

괴겁마령이 묻는 말에 월야마령이 고개를 끄덕였다.

"네. 그 수밖에 없습니다."

"어떻게?"

월야마령은 씨익 하고 차가운 미소를 그렸다.

그러자 괴겁마령은 살짝 고개를 끄덕였다.

"알았다. 어떻게는 문제가 아니지. 그렇다면 문제는 누구냐라는 건데……."

기다렸다는 듯 월야마령은 네 장의 종이를 탁자 위에 내려놓았다.

"유력한 후보는 총 네 명입니다."

월야마령은 자신이 내려놓은 세 장의 종이 중 하나에 손가락을 올렸다.

"첫 번째, 풍희정 군주이십니다. 아시죠?"

괴겹마령과 혈우마령은 고개를 끄덕였다.

오년 전 선황이 그녀의 부왕인 혜왕에게 황권을 양위를 함으로써, 풍희정은 이 나라의 권력자라면 누구나 욕심을 내는 보배가 되었다.

특히 어린 나이답지 않게 능력과 안목이 출중하다고 했다.

사실인지는 모르나, 제협회와 오륜마교 조차 긴장케 하는 황실친위 무력단체인 호풍위를 설립한 당사자가 바로 그녀라는 소문도 있었다.

가장 유력한 후보이다.

하지만 월야마령의 생각은 다른 모양이었다.

"저는 풍희정 군주가 간택될 가능성을 이할 이하로 판단합니다."

괴겹마령이 의외라는 듯 눈을 크게 떴다.

"왜지?"

"둔부가 좁고, 뼈마디가 가늘며, 피부가 하얗습니다."

"그게 왜?"

"남부인이 싫어하는 유형이지요. 자식을 순산하기 어려운 체형이라며……"

괴겹마령과 혈우마령이 고개를 끄덕였다.

"그렇지."

275

"맞아."

월야마령이 다른 종이로 손가락을 돌렸다.

"진무하가의 하소인입니다. 이 아이도 아시지요?"

괴겁마령과 혈우마령은 고개를 끄덕였다.

이제는 강호무림의 미래라고 일컬어지는 오대신성 중 취검성(翠劍星)이라 불러야 옳았다.

하소인이라면 충분히 가능성이 있다.

하지만 월야마령의 생각은 또 다른 모양이었다.

"저는 삼할 이하라고 봅니다."

혈우마령이 알 수 없어 물었다.

"왜지? 이 아이는 둔부도 넓고, 뼈마디도 두껍고, 피부 색도 좋은 편인데? 남부인께서 원하는 조건이지 않던가?"

월야마령은 고개를 저었다.

"아니요. 그 모든 조건을 뒤엎을만한 단점이 하나 있지요."

"뭐지?"

"눈 꼬리가 위로 들렸고, 가슴이 크지요. 제가 기억하기로, 남부인께서는 눈매가 위로 들리고 가슴 큰 여자는 바람나기 쉽다고 싫어하십니다."

괴겁마령이 기억이 났다는 듯 고개를 끄덕였다.

"그랬지."

월야마령의 손이 마지막 세 번째 종이로 옮겨갔다.

"이 아이는 금적산에서 보냈습니다. 설명 드리진 않겠습니다. 그저 보시죠."

그렇게 말하는 월야마령의 표정이 심각했다.

과거 남장후에게 거금을 투자했던 금적산은 그에 대한 보상으로 지난 오년 사이 대륙의 상권 중 절반 이상을 장악할 수 있었다.

그랬기에 그들은 남장후와의 끈을 놓지 않았고, 때문에 남장후가 아내를 들일 지도 모른다는 소식을 접하고 사람을 선택해 보내온 모양이었다.

지극히 당연한 일이었다.

그런데 월야마령의 표정은 왜 이리 심각할까?

괴겁마령과 혈우마령은 월야마령이 가리키는 종이를 향해 시선을 돌렸고, 그 위에 그려진 용모파기를 보는 순간 눈동자가 파르르 떨렸다.

"이건!"

괴겁마령이 그렇게 외치며 벌떡 일어섰다.

혈우마령은 사납게 인상을 구기며 속삭이듯 말했다.

"알고 그랬을까? 그랬다면……."

월야마령이 말을 받았다.

"무덤을 판 거죠. 그러니 우연이라고 봐야지 않겠습니까?"

괴겁마령의 시선이 월야마령을 향했다.

"그렇게 보이느냐?"

월야마령은 피식 웃으며 고개를 저었다.

"아니요. 그럴리가요. 제 생각엔 금적산 쪽으로 어떤 놈들이 개입한 것이라고 여깁니다."

괴겁마령이 목소리를 낮게 깔아 말했다.

"뒤져라. 찾아내. 그리고……, 알지?"

월야마령이 기다렸다는 듯 싸늘한 미소를 그렸다.

"알죠. 이미 그러고 있습니다."

그때였다.

밀실의 문이 부서질 듯 열리며, 이제 열 두엇 쯤 되었을까 싶은 소년이 뛰어 들었다.

"죄, 죄송합니다, 형님들. 늦었습니다."

오륜마교의 넷째 교주인 천살마령이었다.

괴겁마령은 살짝 고개를 저었다.

"아니다. 월야에게 사정은 이미 들었다. 고생했다."

천살마령은 한숨을 푹푹 내쉬며 자신의 자리에 앉았다.

"남부인께서 빙당을 무려 마흔다섯 개나 사주셨습니다. 머리도 땋아서 묶어주셨고요."

그러며 여자아이처럼 양갈래도 땋여있는 자신의 머리를 가리키며 고개를 축 늘어트렸다.

바로 옆자리의 월야마령이 그의 어깨를 가볍게 두들겼다.

"고생했구나. 그래, 갔던 일은?"

천살마령이 휙 고개를 들어올린 후 눈을 빛냈다.

"역시 형님 예상이 맞았습니다."

월야마령이 깊은 한숨을 쉬었다.

"하아. 그랬군. 틀리기를 바랐는데……."

그러며 월야마령은 품에서 종이 한 장을 꺼내 탁자 위에 내려놓았다.

"최유력후보입니다."

모두가 시선을 모았다.

풍희정과 하소인, 그리고 금적산에서 보낸 여인을 밀어 낼만한 후보라.

대체 누구일까?

종이 표면에 그려진 얼굴을 확인하는 순간, 괴겁마령의 눈이 크게 벌어졌다.

"설마?"

혈우마령도 놀랐는지, 입을 쩍 벌렸다.

"이거 확실해?"

월야마령은 고개를 끄덕였다.

"이름 이복순(李福順). 뒷마을 장준 노인의 손녀입니다. 다들 얼굴 한 번은 보셨죠?"

혈우마령이 믿기지 않는다는 듯이 되물었다.

"정말이야? 남부인께서 이 주근깨투성이에 뚱뚱한 아이

를 마음에 두셨다고?"

답은 천살마령에게서 나왔다.

"네. 확실합니다."

괴겁마령은 고개를 위로 들려 한숨처럼 속삭였다.

"이건 정말 아닌데……."

혈우마령이 그를 따라 천정을 올려보며 대꾸했다.

"그러게 말입니다."

第八十九章.

가족은 건드리는 게 아니지

天魔再生

第八十九章.

가족은 건드리는 게 아니지

새벽 검은 하늘을 빈틈없이 채우며 흐르던 구름이 갑자기 몸을 부르르 떤다.

잠시 후 가볍게 으르렁거리더니 흐느끼는 빗방울을 뚝, 뚝, 떨어트렸다. 내리는 비는 잠시 사이, 마른 바닥을 촉촉하게 적셨다.

삐그덕.

빗소리에 잠이 설친 걸까?

방문이 열리며 남장후가 걸어 나왔다.

몇 걸음 내딛다 말고 처마 밑에 서서 내리는 비를 멍하니 바라만 본다.

그러다 음악을 감상이라도 하는 듯 슬며시 눈을 감았다.

보슬보슬 내리는 빗소리를 들으며 최근 심란한 심정을 달래려나 보다.

"흠, 흠."

갑자기 남장후가 콧노래를 부르기 시작했다.

스스로 부른다기보다 뭔가를 듣고 따라한다는 것만 같았다.

빗소리 너머 누군가 노래라도 부르고 있는 걸까?

아니, 이렇게 보슬비가 내리는 날에는 오직 그의 귀에만 들리는 노래가 있다.

기억 저 편에 있다가, 빗소리에 깨어나 다가오는 그 노래.

장단도 맞지 않고 음정도 엉망이지만, 너무도 듣기 좋은 그 노래.

실로 오랜 만이었다, 남장후에게 이 노랫소리가 찾아온 것은.

어느 순간 노랫소리가 멈췄고, 남장후는 감았던 눈을 뜨고 옆으로 고개를 돌렸다.

강보에 싼 아이를 품에 안고 있는 여인이 보인다.

남장후의 눈매가 부드럽게 흘러내렸다.

여인이 남장후를 돌아보며 싱그러운 미소를 지어낸다.

"왜 그렇게 봐요? 내가 그렇게 좋아요?"

그때 뭐라고 대꾸했더라?

아, 이랬지.

"아니. 양이가 좋아."

"치. 아들 바보."

그러며 여인은 입을 삐쭉 내밀었다.

남장후는 그런 여인을 향해 손을 뻗으려다가 멈췄다. 닿지 않는다는 걸, 만질 수 없다는 걸 알면서도 항상 이런다.

들었던 손을 내리며, 여인을 향해 슬프게 속삭였다.

"노래 좀 더 불러줄래?"

"안 돼요. 양이가 깨려고 하잖아요. 보세요."

남장후의 시선이 여인이 안고 있는 강보 속으로 내려갔다.

막 잠에서 깨었는지, 눈을 가물거리는 아이의 얼굴이 보인다.

남장후는 조금 더 자세히 보며 고개를 내밀었다.

그러자 여인이 아이를 가슴으로 가렸다.

"그만. 깨면 책임질래요?"

남장후는 고개를 끄덕였다, 언제나 그렇듯이.

여인은 과장되게 입 꼬리를 왼쪽으로 높이 들어올렸다.

"퍽이나. 좀 이따 들어와요. 양이 다시 재울 테니까."

그러며 여인은 몸을 돌리더니, 멀어져 간다.

그 모습이 안타까워 남장후는 다급히 손을 뻗으려다, 힘겹게 내렸다.

남장후가 멀어져 가는 여인의 등을 향해 뭔가 말하려 입을 열었다.

그 순간 여인의 목소리가 먼저 흘러나와 그의 입을 막았다.

"알아요. 저도 사랑해요. 사랑만 하죠. 좀 이따 들어와야 해요. 양아가 깨면 화낼 거야."

여인이 물안개처럼 흩어져 간다.

남장후는 그녀가 사라질 때까지 가만히 바라보고만 있다가, 눈을 지그시 감았다.

내리는 빗소리가 그의 귀를 적셨다.

"흠, 흠, 흠, 흠."

남장후는 다시 콧노래를 부르기 시작했다.

오랜만이었다, 이렇게 행복한 날은.

하늘이 푸르고 높기만 하다.

밤사이 비를 내린 후, 홀가분해진 구름이 멀리 달아난 탓이었다.

벼줄기를 잘라내고 있던 남장후는 허리를 펴고, 바람에 따라 이리저리 물결치는 황금빛 들녘을 시선에 담았다.

남장후로 자라오며 가을만 되면 보아왔던 풍경이지만, 언제나 새롭게 다가왔다.

수라천마 장후로 살았던 이전의 삶에서 언제나 그리기

만 해왔지만 닿지 못했기에 그런 건지도 모른다.

남장후는 고개를 들어올렸다.

푸른 하늘 위에 그림을 그려 본다.

눈동자는 익숙한 붓놀림으로 하늘이라는 도화지 위에 스윽스윽 선을 그어, 두 개의 얼굴을 만들어낸다.

비가 내리던 새벽, 오랜만에 그녀가 아들을 안고 찾아와서 인지, 오늘따라 더더욱 선명하다.

남장후는 푸른 하늘 위에 새겨놓은 아내와 아이의 얼굴을 향해 속삭였다.

"그리 오래 걸리지 않아. 그러니까 싸우지 말고 조금만 더 참고 기다려."

그때였다.

"뭐가요? 어디 가세요?"

바로 곁에서 들려온 목소리에 놀랐는지, 하늘 위에 새겨진 아내와 아이의 얼굴이 흩어졌다.

남장후는 담담한 표정으로 목소리의 주인을 향해 고개를 돌렸다.

그곳에 하소인이 양팔을 뒤로 숨긴 채 환한 미소를 머금고 서 있었다.

"저 왔어요. 반갑죠?"

남장후는 바로 허리를 굽히더니, 한 손으로는 벼줄기를 잡고 다른 손 잡은 낫을 휘둘러 베어냈다.

천마재생

무시를 당해 기분이 상했는지 하소인은 콧등에 주름을 만들어 꿈틀거리며, 남장후의 등을 매섭게 쏘아보았다.

그러며 등 뒤에 숨겼던 팔을 천천히 꺼낸다.

오른 손에 들린 쇠붙이가 내리쬐는 햇살을 반사하며 섬뜩하게 반짝인다.

"저 옆에서부터 해. 밑동을 잘라야 한다."

남장후가 돌아보지도 않고 하는 말에 하소인은 입을 삐쭉 내밀었다.

"알았다고요. 쳇."

하소인은 낫을 가볍게 휘돌리며 남장후가 말한 방향으로 걸어갔다. 그러다 멈추더니 빙긋 웃으며 말했다.

"제가 왜 온지 알죠?"

남장후는 대꾸치 않았다.

하지만 하소인은 대답을 들었다는 듯 베시시 웃었다.

"헤헤헤헤헤. 어머님께 잘할게요."

그제야 남장후는 허리를 펴고 그녀를 쏘아보았다.

하소인의 미소가 더욱 짙어졌다.

"이왕 이렇게 된 거, 우리 잘 삽니다. 네?"

남장후는 피식 웃었다.

"우리?"

하소인은 크게 고개를 끄덕였다.

"네! 우리!"

거의 외치듯 하는 말에, 남장후는 어이없어 고개를 절레
절레 저었다.

그때였다.

"싫다시잖아요."

들려온 목소리에 하소인의 시선이 돌아갔다.

멀리 논두렁 쪽에서 커다란 바구니를 양손으로 쥔 아리
따운 여인이 다가오고 있었다.

피부는 눈처럼 하얗고, 몸매는 난초처럼 날씬했다.

풍희정이었다.

그녀의 얼굴을 본 순간, 하소인의 눈매가 칼날처럼 얇아
졌다.

"쟤가 그 군주마마에요?"

남장후는 무시하며, 다시 벼를 베기 시작했다.

하지만 하소인은 다가오는 풍희정을 매섭게 노려보고만
있었다. 손에 든 낫은 벼가 아닌 풍희정을 향해 있었다. 간
격에 있다면 당장에 휘둘러 목을 잘라내기라도 할 듯했다.

그러는 동안 남장후의 근처에 이른 풍희정은 손에 쥔 바
구니를 내려놓으며 말했다.

"새참이에요. 드시고 하세요."

남장후는 듣지 못했는지 그저 벼를 베며 나아갔다.

하지만 풍희정은 이미 대답을 들었다는 듯 보자기를 펴
고, 바구니 안에 가득한 음식을 하나둘씩 꺼내놓았다.

289

그녀를 가만히 지켜보고만 있던 하소인이 남장후에게
물었다.

"저 군주마마께서는 언제 왔습니까?"

대답은 풍희정에게서 나왔다.

"이틀 전에요."

하소인의 눈매가 더욱 날카로워졌다.

"이틀씩이나요? 참 한가하신가 봅니다."

풍희정이 방긋 웃으며 고개를 저었다.

"아니요. 바빠요. 오늘도 새벽부터 일어나 이렇게 음식
을 만드느라 바빴어요. 같이 드시겠어요?"

하소인이 물었다.

"저도요? 혹시 음식에 독 넣었어요?"

"좋아하시나요? 지금이라도 넣을까요?"

하소인이 남장후 쪽으로 휙 고개를 들렸다.

"봤죠? 저런 여자라고요."

풍희정은 고개를 끄덕였다.

"네. 이런 여자랍니다. 와서 드세요. 좋아하시는 것만
만들었어요."

남장후는 한숨을 내쉬며 몸을 들어올렸다.

"귀찮군."

풍희정이 말했다.

"다 드시면 더는 귀찮게 않고 바로 갈게요. 그러니 이리

오세요."

하소인이 버럭 소리쳤다.

"그러지 말고 하던 일 계속 하세요. 저건 내가 다 먹어 치워줄 테니까."

그러며 풍희정 쪽으로 걸음을 옮겼다.

그때였다.

풍희정의 뒤편 멀리에서 몇 명이 나타나 눈을 반짝였다.

현 황실 최강의 무력단체, 호풍위의 위사들이었다.

그 순간, 하소인의 뒤편 멀리에서도 몇 명의 사내가 모습을 드러냈다.

진무하가의 정예인 진무검대의 대원들이었다.

그 순간 남장후가 말했다.

"거름칠 일은 없는데, 거름감이 넘치는구나."

그 순간 풍희정과 하소인이 급히 손을 뻗었고, 나타났던 호풍위와 진무검대가 씻은 듯 사라져 버렸다.

풍희정이 남장후를 향해 말했다.

"죄송합니다. 아랫것들이 눈치가 없어서……"

하소인도 지금까지와는 달리, 진중한 표정을 지으며 고개를 숙였다.

"죄송합니다. 죄를 물으신다면 달게 받겠습니다."

남장후는 그녀들을 번갈아 본 후, 말했다.

"난 혼인을 할 생각이 없다."

그 순간 풍희정과 하소인이 몸을 떨었다.

남장후는 이어 답답하다는 듯한 한숨에 더불어 말했다.

"하지만 하기는 하여야겠지. 어머님께서 저리 원하시니."

그 말에 풍희정과 하소인은 얼굴에 웃음꽃이 피어났다.

남장후가 말했다.

"너희가 내게 이런다 하여 너희를 받아들일 생각은 없다. 아니, 너희가 아니라 그 누구라도 받아들일 마음이 없다. 내겐 이미 품은 사람이 있기에 누구인들 받아들일 수가 없구나."

풍희정과 하소인이 울 것 같은 표정을 지었다.

남장후가 말했다.

"그러니 지금이라도 그만 두었으면 좋겠구나."

풍희정은 고개를 마구 저었다.

"안 돼요."

거의 동시에 하소인 역시 고개를 저었다.

"싫어요."

남장후는 다시 짧은 한숨을 쉬었다.

"어쩔 수 없지. 난 어머니께서 바라는 대로 할 것이야. 정하신 아이가 있다면 그 아이를 아내로 삼을 것이니, 그런 줄 알아라. 단, 나의 뜻이 그렇다고 하여 어머니를 귀찮게 하여서는 아니 된다. 만약 그랬다가는……."

남장후는 말을 끝맺지 않았다.

대신 미간에 푸른 불꽃이 피어 내어 남은 말을 대신했다.

풍희정은 알아들었다는 듯 일어나며 말했다.

"알았어요. 전 황궁에 계신 아버님의 편지를 대신하여 들고온 것으로 어머님을 방문할 거예요. 그건 괜찮죠?"

남장후는 대꾸치 않았다. 하지만 허락의 의미임을 알기에 풍희정은 아쉬움을 삼키며 돌아섰다.

"이거 드시고 하세요. 꼭이에요."

그녀가 걸어가자 하소인은 그녀의 등을 노려보며 말했다.

"여자는 여자가 보면 아는데, 저 군주마마는 아니에요. 정말 너무 아니야."

그러더니, 손에 쥐고 있던 낫을 허리에 꽂고 어딘가를 향해 걸어갔다.

"전 창리상단의 소개장을 들고 어머님께 찾아갈 거에요. 괜찮죠?"

이번에도 남장후는 대꾸치 않았다.

하소인은 이미 들었다 싶은지 빠르게 사라져 버렸고, 그녀들이 눈 앞에서 멀어지고 나서야 남장후는 낫질을 멈추고 허리를 폈다.

그리고 하늘을 올려다본다.

"괜찮을 리 있겠어?"

하늘에 다시 그려낸 얼굴은 그저 웃기만 한다.

†

노을을 등지고 집으로 돌아오는 남장후의 곁으로 그의 네 의동생들이 기다렸다는 듯 달라붙었다.

"큰 형님, 들으셨습니까?"

진중한 표정으로 괴겁마령이 묻는 말에 남장후는 귀찮다는 듯 대꾸했다.

"피곤하다. 내일 이야기 하자꾸나."

그러자 이 자리에서는 막내인 천살마령이 방방 뛰며 말했다.

"형님! 남부인께서 마음에 둔 아이가 누구인지 알아냈습니다!"

"그래? 다행이군. 귀찮았는데, 빨리 정리되겠어."

천살마령이 답답하다는 듯 말했다.

"형님. 그게 그렇게 쉽지가 않습니다!"

"어려울 게 뭐가 있어. 어머니께서 정하셨으면 그 뿐이지. 나는 되었다."

"형님! 복순이라고요, 복순이!"

남장후가 눈살을 찌푸리며 짜증을 담아 말했다.

"뭐가 복순이야."

"남부인께서 정한 며느리감이 복순이란 말입니다."

"복순이가 누구길래?"

기다렸다는 듯 혈우마령이 말했다.

"뒷마을 장준 노인의 손녀 말입니다! 아시죠?"

그 순간 남장후의 눈동자가 파르르 떨렸다.

그의 표정을 살피던 월야마령이 깜짝 놀랐다는 듯 눈을 휘둥그레 떴다.

"설마 형님께서도 예상치 못하신 겁니까?"

남장후는 걸음을 멈추고, 고개를 느리게 저었다.

"전혀."

그러자 네 의동생들의 입이 크게 벌어졌다.

남장후가 예상하지 못하는 일도 있다니.

어떤 의미로는 남부인이야 말로 정말 대단한 사람이다 싶었다.

남장후는 멈췄던 걸음을 다시 옮겼다.

"되었다. 어머니께서 그 아이로 정했다면 그 뿐이야."

괴겹마령이 낮게 목소리를 깔아 물었다.

"정녕 그리 생각하십니까?"

남장후는 주춤 걸음을 멈췄다가, 말없이 다시 내딛었다.

네 의동생들은 그가 지금 그리 기분이 좋지 않다는 걸 알기에 따르지 않고 그대로 멈췄다.

남장후는 계속 걸어가 자신의 집 대문을 열고 안으로 들어갔고, 네 의동생들은 한참 더 문만 바라보다가 서로를 돌아보았다.

　　괴겁마령이 말했다.

　　"역시 말씀을 드려야 했을까?"

　　월야마령이 고개를 저었다.

　　"아닙니다. 이 문제는 큰 형님께서 직접 보시고 직접 결정을 내리시는 게 낫습니다."

　　다른 형제들은 입을 꼭 다물었다.

　　그리고 모두 동시에 닫혀 있는 남장후의 집 대문으로 고개를 돌렸다.

　　그 안에서 곧 벌어질 일이 걱정되기에.

†

　　집 안으로 들어온 남장후는 마당을 가로질러, 남부인의 방문 앞에 멈춰서 말했다.

　　"어머니, 저 왔습니다."

　　그러자 방문이 바로 열리며 옅은 미소를 머금은 남부인이 나왔다.

　　"이제 왔니? 오늘도 힘들었지?"

　　남장후는 그녀와 닮은 미소를 지으며 고개를 살짝 저었다.

"힘들기는요."

"배고프지? 잠시만 기다리거라."

"아닙니다. 그런데……."

"왜?"

"혹시 뒷마을에 복순이라고……."

그러자 남부인의 표정이 환해졌다.

"복순이가 왜? 그 아이를 봤어? 어디서? 언제?"

남장후는 고개를 살짝 저었다.

"아니. 그게 아니라……."

"그게 아니면 뭐?"

"아니요. 아무것도 아닙니다."

"실없기는."

남장후는 짧은 한숨을 내쉰 후, 갑자기 표정을 살짝 굳히며 남부인의 방문 쪽을 바라보며 말했다.

"그런데, 손님이 오신 듯 합니다만?"

"아! 장후야. 내 정신 좀 봐라. 손님이 오셨어."

기다렸다는 듯 남부인의 방문이 열리며 발이 빠져나왔다.

가녀리고 하얀, 여인의 발이었다.

다음 순간 남장후의 눈이 찢어질 듯 크게 벌어졌다.

방문을 나온 여인은 반갑다는 듯 환하게 웃으며 인사했다.

"처음 뵙겠습니다."

남장후는 대꾸치 못하고 그저 멍하니 여인의 얼굴을 바라만 보았다.

나타난 여인의 용모가 낮 내내 푸른 하늘 위에 그려본 아내의 얼굴과 너무도 닮았기 때문이었다.

†

여인이 다가온다.

남장후는 팔십 년 전의 과거, 한 순간을 떠올렸다.

아내를 처음 보았던 날, 그 날 하늘은 빛을 잃고 땅은 사라졌다. 보이는 건 오직 아내뿐이었다.

그 순간 알았다.

아, 난 저 여인을 만나기 위해 살아왔구나.

그리고 난 남은 생을 모두 저 여인을 위해, 그리고 저 여인은 나를 위해 살아가겠구나.

난, 우리는 행복해질 수 있겠구나.

그랬다.

그 후로 두 해쯤 지나 아내에게 그 날 느꼈던 감정을 고백했을 때, 아내는 웃으며 이리 말했었다.

'나도 마찬가지였어요. 눈에 뭐가 씌었던 거지, 뭐. 호호호호호.'

그랬다.

우리는 그랬었다.

하지만 그 날 깨달았던 확신과 다짐은 거짓이었다.

나는 그녀를 잃고도 살아갔다.

나는, 우리는 서로를 위해 살지 못했다.

나는, 우리는 행복해질 수 없었다.

나는, 우리는……, 그리고 우리의 아이는…….

"저기요? 혹시 어디 안 좋으세요?"

앞에 다가온 여인이 조심스레 말을 걸자, 남장후는 상념에서 벗어날 수 있었다. 그리고 과거의 아내가 아닌, 눈앞의 여인을 시선에 담았다.

너무 닮았다.

아니, 닮은 정도가 아니다.

똑같다.

여인이 싱그러운 미소를 머금고 말했다.

"전 서서 주무시나 했네요."

그녀도 이런 식으로 농담을 했었지.

그때마다 남장후는 크게 웃었다. 그리 웃기지는 않았는데, 자꾸 웃음이 나와서 그랬다.

하지만 지금은 역시 웃기지 않을 뿐 아니라, 웃음도 나질 않았다.

눈앞의 여인은 분명 그녀와 꼭 닮기는 했어도, 그녀는

아니기 때문일 것이다.

남장후가 말했다.

"어디서 오셨습니까?"

여인이 그제야 생각났다는 듯 주섬주섬 소매를 뒤져 자그마한 서찰 하나를 꺼냈다.

"이거요. 봉래상단에서 왔습니다. 이번에 공자님 논에서 나오는 곡물을 전량 구입하기 위해 왔습니다."

"전 창리상단과 거래를 하고 있습니다만?"

"창리상단, 분명 좋은 곳이지요. 그렇지만, 저희도 나쁘지는 않아요. 조건만 맞으면 좋은 인연이 될 수 있지 않을까요?"

"좋은 인연이라……. 그럴 수 있을까요?"

그러며 남장후는 싸늘한 미소를 지었다. 하지만 여인은 못 보았는지, 환한 표정으로 고개를 끄덕였다.

"네. 물론이죠!"

남장후는 표정을 지우고, 그녀가 주었던 소개장을 품 안에 넣었다.

"생각해 보겠습니다."

"네. 열흘 안에 답변해주시면 됩니다. 한 열흘 정도 창리현에 머물게 되었거든요. 창호(蒼昊)라는 객잔(客棧)이세요? 그곳에 있으니까 언제라도 찾아오세요."

그러며 여인은 휙 고개를 돌려 남부인에게 공손히 인사했다.

"어머니, 전 그럼 가볼게요."

남장후가 눈살을 찌푸렸다.

"어머니?"

남부인은 활짝 웃으며 고개를 마구 끄덕였다.

"그러려무나. 내일 또 와야 돼. 자수하기로 한 거 알지?"

"그럼요. 그럼 내일 봐요."

그러며 여인은 몸을 돌리더니, 남장후에게 또 인사를 건넸다.

그리고 대문 쪽으로 걸음을 내딛다가 갑자기 멈추더니 휙 몸을 돌렸다.

"아! 제 정신 좀 봐. 제가 이름을 말씀 안 드렸죠?"

"그랬지요."

여인은 어색히 웃으며 머리를 긁적였다.

"묻지도 않으시기에 아시나 했죠."

"알 리가 없지요."

"홍예주(洪霓紬)라고 합니다."

"그렇군요."

자신을 홍예주라고 소개한 여인은 가만히 남장후를 바라보고만 있었다.

남장후는 잠시 그런 홍예주를 마주보다가 물었다.

"안 가십니까?"

"아니, 저도 공자님 이름은 들어야지요."

"제 이름 모르십니까?"

"알기는 하는데요, 그래도 직접 듣기는 해야죠."

"알면 되었습니다. 그럼 살펴 가시지요."

당황스러운지 홍예주의 얼굴이 새빨개졌다. 더불어 창 피하기까지 한지, 그녀는 고개를 하늘로 돌리더니 손으로 얼굴을 부채질했다.

"아, 왜 이렇게 덥지? 요즘 참 더운 것 같아요. 그쵸?"

남장후는 정중히 인사를 건넸다.

"그럼 살펴 가십시오."

"저기요."

그녀는 갑자기 남장후에게 다가오더니, 귀에다 대고 속 삭였다.

"여자한테 인기 없죠?"

그러더니, 휙 몸을 돌려 대문을 향해 빠르게 걸어갔다.

문을 열고 나가기 전, 다시 한 번 돌아본다.

"한 번 잘 생각해 보세요. 저희 봉래상단이 창리상단보 다 삼할은 더 쳐줄 거니까요."

그리고 할 말을 다 마쳤다는 듯 문 사이로 빠져 나갔 다.

남장후는 낮게 속삭였다.

"너무 닮았군."

여자에게 인기 없을 거라는 말, 그녀도 처음 만났을 때했던 말이었다.

남부인의 목소리가 스며든다.

"참 싹싹하고 예쁜 아가씨야. 그렇지 않니?"

남장후는 그제야 남부인에게로 몸을 돌렸다.

"저는 좀 씻겠습니다."

"그러렴. 그런데 정말 괜찮은 처자 아니니?"

"네. 괜찮네요."

그러자 남부인이 기다렸다는 듯 눈을 반짝였다.

"나이가 올해로 스물 하나란다. 상단의 일을 하느라, 혼기를 놓쳤다지 뭐니. 참 안타깝지 않니?"

"그래요. 안타깝네요."

"그으래?"

"네. 전 그럼 먼저 씻겠습니다."

그러며 남장후는 바로 집 뒤쪽에 위치한 우물을 향해 걸어갔다.

남부인은 답답하다는 한숨을 길게 내쉬며, 속삭였다.

"에휴. 그래, 역시 복순이 만한 애가 없지."

그러며 그녀는 저녁을 만들기 위해 부엌을 향해 걸어갔다.

우물로 걸어가던 남장후는 작게 속삭였다.

"큰일이군."

우물 앞에 선 남장후는 웃옷을 벗으며 말했다.

"소한."

그러자 그의 등 뒤로 뿌연 물안개가 어리더니, 사람의
형태로 변했다.

소한살객이었다.

남장후는 돌아보지 않고 우물에 두레박을 던지며 말했
다.

"보고해 보거라."

기다렸다는 듯 소한살객은 입을 열었다.

"이름 이복순. 향년 십팔 세. 조실부모하여 조부의 손에
컸습니다. 성격은 순하고 자수에 능하며, 요리에 재능이 있
습니다. 또래인 장학오(張塰午)에게 연정을 품었으나, 용모
가 떨어진다는 이유로 버림받은 점을 제외하고는……."

두레박을 들어 올리던 남장후가 그를 향해 고개를 돌렸
다.

"뭔 소리를 하는 거야."

"네?"

"보고를 하라고. 저 여자."

"아, 네."

소한살객은 다시 입을 열었다.

"이름 홍예주. 방년 이십일세. 봉래상단의 단주 홍만리 슬하 삼남일녀 중 둘째로, 현재 곡물 쪽 부분을 전담하는 행주입니다. 아버지인 홍만리의 뒤를 잇겠다는 욕심이 있고, 나름 재능도 있어……."

"의심되는 점은?"

"없습니다. 깨끗합니다."

"확실해?"

"네. 확실합니다. 그래서 더 의심스럽습니다."

"파봐. 깊게. 나올 때까지."

"알겠습니다."

"조심해. 놈들일 가능성이 있어."

그 순간 소한살객의 얼굴이 굳었다.

"드디어 놈들이 나온 겁니까?"

남장후가 두레박에 든 물을 머리에 끼얹으며 말했다.

"왜? 겁나나?"

"아니요. 신납니다."

그러며 소한살객은 사나운 미소를 그렸다.

"가봐."

남장후가 그렇게 말하자, 소한살객은 안개가 되어갔다.

떠나기 전 할 말이 남았는지 우물거리다, 겨우 입을 벌린다.

"그런데 이복순과 관련 보고는 필요 없으십니까?"

"의심이 가는 구석이 있나?"

"있고 싶습니다."

"그럼 되었다. 가봐."

"뭐라도 나올 때까지 파헤쳐 볼까요?"

"가보라니까."

"네."

결국 소한살객은 사라졌고, 홀로 남은 남장후는 우물 속에 고개를 들이 밀었다.

그러며 우물에 비친 자신의 얼굴을 향해 속삭였다.

"가족은 건드리는 게 아니지."

그의 미간에 푸른빛이 어리고 있었다.

第九十章.

연적(戀敵)이요

第七十一章.
연적(戀敵)이요

　창호객잔은 창리현에서 거의 유일한 고급객잔이라 할
수 있었다.

　창리현은 이름난 명승지가 있는 것도 아니고, 그렇다고
풍광이 남달리 뛰어난 편도 아니다.

　또한 중요한 위치를 차지하는 지역도 아니기에, 찾아오
는 사람이 거의 없고 떠나는 사람도 거의 없다.

　그렇기에 창호객잔의 객실은 손님이 있는 적이 별로 없
었다.

　그렇기에 홍예주는 한가함을 즐길 수가 있었다.

　"하아. 오랜 만이야. 이런 여유."

　별실 정원에서 둥근 달을 올려보며 홍예주는 그렇게 속

309

삭였다.

지난 오년, 그녀는 정말 눈코 뜰 새 없이 바쁘게 살았다.

봉래상단의 단주인 그녀의 아버지가 금적산의 슬하로 들어가면서부터였던 것 같다.

일이 넘쳤고, 돈은 쌓였다.

믿을만한 사람을 계속 고용해야 했고, 부정을 저지르는 사람은 서둘러 떠나보내야만 했다.

덕분에 봉래상단은 고작 오년이라는 짧은 시간 동안 규모가 세 배정도 커질 수 있었다.

최근에 안정기에 들었지만, 꿈같은 나날이었다.

그리고 돌이켜보니 벌써 스물 한 살이다.

"참나. 엊그제 같은데……."

최근, 이제 혼인할 때가 되지 않았느냐는 이야기를 자주 들어서일까?

아니면, 여유가 생긴 탓일까?

심란하다.

둥근 달 위에 한 사내의 얼굴이 어린다.

조금 전, 보았던 청년이었다.

남장후라고 했지?

홍예주는 알 수 없어 둥글 달을 향해 물었다.

"당신이 왜 거기 있어?"

지난 오년 너무 바쁘게 살아서 그렇지, 남자들에게 인기는 많았다.

그렇듯 차갑게 응대하는 남자는 처음이라 싶을 정도이니까.

둥근 달에 그려진 남장후의 얼굴, 잘 생기기는 했다.

"하지만 인기는 없을 거야."

홍예주는 갑자기 취하고 싶다는 생각이 들었다.

집은 멀고, 달은 밝은 탓이다.

"술이라. 좋지."

홍예주는 별실에서 객잔으로 이어지는 문을 향해 걸어갔다.

예쁜 여자가 혼자 돌아다니면, 항상 꼬이는 벌레가 있다.

한량이라는, 남자처럼 생긴 벌레이다.

남자와 꼭 같이 생기기는 했지만, 남자는 아니다.

벌레라고 하지만, 사실 벌레만도 못하다.

홍예주는 평소 그렇게 생각해 왔고, 그 생각은 확고했다.

"꼬이네, 꼬여. 그 벌레가 막 꼬이는 구나."

그러며 홍예주는 한숨을 길게 내쉬었다.

바로 앞에 앉은 입매가 얇은 청년이 웃는 낯으로 말했다.

"뭐가 말입니까?"

"있어요, 그런 게."

그렇게 말하며 홍예주는 잔을 집었다.

딱 한 잔을 따라 놓았을 때, 이 녀석이 그녀의 앞자리가 자신의 자리라는 듯 털썩 앉았다.

그러며 한다는 소리가 객지에서 이렇게 만난 것도 인연인데, 좋은 인연으로 만들자며 같이 술 한 잔 하잔다.

'좋은 인연이라.'

남장후의 얼굴이 다시 떠올랐다.

'내가 좋은 인연을 만들자고 말했을 때, 그도 이런 더러운 기분이 들었을까?'

그런 생각이 드니 화가 난다.

벌컥, 하며 홍예주는 단숨에 잔을 비웠다.

그 순간 입술이 얇은 한량 놈이 음흉한 미소를 지으며 말했다.

"하하하핫. 낭자. 호쾌하게도 드십니다."

홍예주는 일어나며 말했다.

"그럼 이만."

그러자 한량놈의 표정이 굳었다.

"낭자, 어디 가십니까?"

"전 한 잔만 마셔도 취해서요."

그러자 한량놈이 조금 전보다 더욱 음흉한 미소를 지었다.

"그렇습니까? 취하는 여자 매력이 있지요."

왜?

업고 가려고?

홍예주는 더는 상대할 마음이 없어, 몸을 돌려 자신이 머무는 별실을 향해 걸어갔다.

그때, 한량 놈이 손을 뻗어 그녀의 손목을 낚아챘다.

"그러지 마시고 저랑 한 잔 더 하시지요?"

홍예주는 자신의 팔목을 쥔 그의 손을 차갑게 내려 보며 싸늘한 목소리로 말했다.

"이거 놓으시지요?"

"싫은데?"

홍예주는 한숨을 쉬었다.

세상은 넓지만, 한량이라는 벌레 놈들은 어디든 이렇게 똑같을까?

별 수 없기에, 홍예주는 아버지가 붙여준 호위무사를 부르기 위한 신호를 보내려 했다.

그때였다.

"야. 거기."

차갑고 깨끗한 목소리.

홍예주와 한량 놈의 고개가 돌아갔다.

그곳에 두 여인이 마주 앉아있었다.

여인들을 보는 순간 홍예주의 눈이 커졌다. 이런 시골에

313

서 볼 수 없는, 아니 그 어떤 대도시라고 해도 볼 수 있을
까 의심스러울 정도로 아름다운 여인들이었다.

한량 놈도 그렇게 여겼는지, 입이 쩍 벌어졌다.

"우와. 이게 웬 떡이지? 저런 맛난 것들이 둘씩이나."

그러며 잡고 있던 홍예주의 팔을 풀었다.

홍예주는 어이가 없어 한량 놈을 노려보았다.

어이, 벌레.

나한테 용건 끝났어?

지금 말실수 한 거 아니야?

둘이 아니라 셋이라고 해야지.

한량이라는 벌레는 홍예주를 등 뒤로 내버려 두고, 그대
로 여인들을 향해 다가갔다.

그때였다.

퍽, 소리와 함께 한량 놈이 날아오르더니 홍예주를 스쳐
지나갔다.

쾅!

바닥에 떨어진 한량 놈은 정신을 잃었는지, 움직이지 않
았다.

홍예주는 놀라 두 여인 중 눈매가 날카롭고 가슴이 커
보이는 여인을 향해 물었다.

"주, 죽인 거에요?"

여인, 하소인은 고개를 저었다.

"아니요. 대신 죽을 만큼 아프긴 하겠죠."

그러며 하소인은 싱긋 웃었다.

"같이 마실래요?"

그리고 고개를 앞으로 돌려 마주 앉아있는 인형처럼 생긴 피부가 새하얀 여인을 향해 물었다.

"어때요?"

피부가 새하얀 여인, 풍희정은 살짝 고개를 끄덕였다.

"좋아요."

그러자 하소인은 홍예주를 향해 손짓했다.

"오세요. 예쁜 여자끼리 뭉쳐서 한 잔 하죠."

홍예주는 빙긋 웃으며 그녀들 쪽으로 걸음을 옮겼다.

세상이 넓기는 넓은가 보다.

홍예주는 자신이 꽤나 예쁘고, 재기가 넘치며, 총명할 뿐만 아니라, 집안 역시 나름 좋다고 생각하며 살아왔다.

그렇다고 해서 자부심을 가질 정도로 거만을 떨지는 않았다.

하지만 남몰래 어깨를 으쓱할 정도의 자신감은 있었다.

실제로 그렇기도 했기 때문이었다.

그런데, 오늘 홍예주는 자신이 그리 예쁘지 않다는 걸 절실히 깨달았다.

'이렇게 예쁜 사람들도 있구나.'

천마재생

홍예주는 그런 생각을 입 안에서 웅얼거리며, 하소인과 풍희정을 번갈아 보았다.

그저 예쁘기만 한 건 아니었다.

풍족하며 화려한 삶을 살아온 사람만이 가질 수 있는 고 귀함이 느껴진다. 뿐만 아니라, 사람 위에 군림해본 적이 있는 권위와 품격까지 엿보인다.

다른 세상을 사는 사람 같았다.

아니면, 다른 세상에서 왔거나.

그런 생각을 하다 보니 홍예주는 괜히 위축이 되고, 자 신이 초라하다 여겨졌다.

"술 잘 못하세요?"

하소인이 묻는 말에 홍예주는 자신도 모르게 아래로 내 려갔던 고개를 빳빳이 펴고 말했다.

"아니요. 잘 마셔요."

"그럼 남자가 없어서 그런가요? 괜찮은 남자가 옆에 있 어야 술이 들어가는 유형이신가봐?"

그러며 하소인은 빙긋 웃었다.

그녀의 농담에 조금 긴장이 풀어진 홍예주는 가볍게 고 개를 저었다.

"아니요. 그렇게 재수 없진 않아요."

"어마? 전 그런데. 그래서 재수 없다는 말을 종종 듣나 봐요. 이제 알았네."

홍예주는 소리 없이 웃으며 그녀를 향해 잔을 내밀었다.

"그럼 한 잔만 주세요."

하소인은 기다렸다는 듯 그녀의 잔에 술병을 기울였다. 잔을 채운 후 내려놓으려는데, 풍희정이 입을 열었다.

"저도 한잔 주세요."

그러자 하소인의 표정이 싸늘해졌다.

"직접 따라 드시지요."

지금까지의 털털한 태도와는 다른 하소인의 모습에 홍예주는 깜짝 놀라 눈을 휘둥그레 떴다.

하지만 풍희정은 전혀 놀랄 것 없다는 듯 병을 들어 자신의 잔을 채웠다.

홍예주는 눈치를 살피며, 조심스레 물었다.

"보아하니 제가 낄 분위기가 아닌 것 같은데……."

그러자 풍희정과 하소인이 동시에 고개를 저었다.

"아니요."

"전혀."

홍예주는 그녀들을 번갈아보며, 술잔을 조심스레 들어 올려 입가에 가져다댔다.

그때 하소인이 마찬가지로 술잔을 들어 올리며 말했다.

"건배."

"네, 건배."

홍예주는 단숨에 술잔을 비웠고, 하소인 역시 잔에 든 주액을 한 번에 들이켰다. 풍희정 또한 조용히 술잔을 들어 올려 비워버렸다.

들이마신 술이 목을 넘어가는 순간, 홍예주는 인상을 구겼다.

불덩이를 삼킨 것만 같았다.

이렇게 독하다니.

냄새를 맡았을 때 혹시나 했는데, 역시 술중에서 가장 싸구려라는 화주임이 분명했다.

순식간에 홍예주의 얼굴이 붉어졌다.

그러자 하소인이 친동생을 어르듯 말했다.

"왜? 술을 좀 못하시나? 아, 좀 독한가 보네."

홍예주는 고개를 저었다.

"아니요. 술을 오랜만에 마셔서 그래요."

그러며 이를 지그시 물었다.

오기가 생긴 탓이었다.

같이 마셨는데, 하소인과 풍희정은 표정과 얼굴색은 티하나 나지 않았다.

나보다 예쁜 것들이, 보아하니 나보다 잘 사는 것 같은데, 나보다 술까지 잘 마셔?

그럴 수는 없지.

홍예주는 술잔을 내밀었다.

"주세요!"

하소인은 빙긋 웃으며 그녀의 잔에 술을 채워주었다.

홍예주는 바로 술잔을 비웠다.

머리가 윙, 하고 돈다.

이렇게 쓰고, 뜨겁고, 어지러울 수가.

하지만 홍예주는 이번만은 표정을 유지할 수 있었다.

"한 잔 더 따라줘요."

그러나 혀가 꼬이는 것만은 어쩔 수가 없다.

하소인은 피식 웃으며 그녀의 잔을 채워 주었다.

홍예주는 이번엔 바로 마시지 않고, 하소인과 풍희정을 둘러보며 말했다.

"그런데 두 분은 무슨 사이세요?"

하소인이 말했다.

"연적(戀敵)이요."

목소리에 담긴 감정이 싸늘하다.

풍희정은 하소인의 말이 옳다는 듯 살짝 고개를 끄덕였다.

"우와!"

홍예주는 놀람을 숨길 수가 없었다. 그렇기에 예의가 아님을 알면서도 물을 수밖에 없었다.

"두 분이 연적이라고요?"

이렇게 예쁘고 기품 있는 여인들이 한 남자를 두고 다투고 있다니.

천
마
재
생

홍예주로서는 도저히 이해할 수가 없었다.

하지만 풍희정과 하소인은 담담히 고개를 끄덕일 뿐이었다.

홍예주가 궁금함을 참을 수 없어 물었다.

"왜요? 두 분이 연적일 수 있지요?"

하소인이 쓸쓸한 표정을 지으며 말했다.

"그러게요. 연적이어서는 안 되죠."

그러며 번뜩이는 눈동자로 풍희정을 쏘아본다.

풍희정은 담담히 마주 대하며 입을 열었다.

"그분은 제게 하늘이 정한 운명이에요."

하소인이 싸늘한 목소리로 물었다.

"그 운명 극복해볼 생각은 없으신가요?"

풍희정은 천천히 고개를 저었다.

"전혀요."

"그럼 극복시켜 드릴게요."

"하늘의 뜻을 거스를 수 있겠어요?"

"기꺼이."

그러며 풍희정과 하소인은 서로를 매섭게 노려보았다.

홍예주의 입이 쩍 벌어졌다.

진짠가 보다.

대체 이런 여인들이 차지하기 위해 다툴 만한 남자가 누구일까?

너무나 궁금했다.

"그 복 많은 남자가 누굴까 궁금하네요."

홍예주가 속삭이듯 하는 말에 하소인은 한 마디를 툭 뱉었다.

"천하제일의 악당이지."

"악당이요?"

홍예주가 묻는 말에 풍희정이 대꾸했다.

"네. 아주 못됐죠."

하소인이 이죽거렸다.

"까칠하기는 얼마나 까칠한지."

풍희정이 고개를 끄덕였다.

"사람을 농락하는 게 취미이죠."

하소인이 투덜거렸다.

"구박하고, 못 살게 굴고, 하여간 제멋대로예요."

풍희정이 고개를 끄덕여 동의했다.

"오만하기는 하늘 아래 제일일거예요."

험담을 그저 듣고만 있던 홍예주는 둘을 돌아보며 물었다.

"그런데 왜?"

풍희정과 하소인이 동시에 답답한 한숨을 내쉬었다.

"그러게요."

"그러게 말이에요."

천마
재생

이해할 수가 없기에 홍예주는 고개만 갸웃거렸다.

하소인은 답답한지 술을 들이켰고, 풍희정 역시 마찬가지로 술잔을 들어올렸다.

덕분에 홍예주는 덩달아 술잔을 채우고 비우기를 반복해야만 했다.

침묵 속에 시간은 흘렀고, 잠시 사이 세 개의 술병이 바닥을 드러냈다.

홍예주의 얼굴은 당장이라도 터질 것처럼 새빨개졌고, 더 마셨다가는 추태를 부릴 것만 같다는 생각에 비틀거리며 일어났다.

"잘, 마셨어요. 저는 좀 취한 것 같아서……."

풍희정과 하소인은 밝은 미소를 그리며 가볍게 고개를 끄덕였다.

홍예주가 물었다.

"여기는 언제까지 머무세요?"

하소인이 말했다.

"당신이 이곳 창리현을 떠날 때까지요."

진담이라는 걸 모르는 홍예주는 빙긋 웃었다.

"좋네요. 그럼 내일도 시간이 맞으면 같이 한 잔해요."

하소인은 고개를 끄덕였다.

"그러죠."

"아, 제 이름은 아세요?"

"네. 홍예주, 맞죠?"

홍예주는 고개를 갸웃거렸다.

이름을 말해주었던가?

취해서인지 기억이 잘 나질 않는다.

"저도 두 분의 성함을 알 수 있을까요?"

"하소인이요."

이어 풍희정이 입을 열었다.

"풍희정이라고 합니다."

"그렇군요."

홍예주는 고개를 갸웃거렸다. 얼핏 어디선가 들어본 적이 있는 것 같은 이름들이었다.

'착각이겠지?'

취하긴 많이 취했나보다.

홍예주는 자신이 머무는 별실 쪽으로 애써 똑바로 걸어갔다.

그러던 중, 뭔가에 걸려 비틀거렸다.

조금 전 하소인에게 얻어맞고 정신을 잃은 한량 놈이었다.

홍예주는 오른 발을 높이 들어 올리더니, 한량놈의 옆구리를 힘껏 찼다.

그 순간 등 뒤에서 풋하는 웃음소리가 들렸다.

고개를 돌리니, 하소인이었다.

홍예주는 배실 웃으며 말했다.

"내일도 또 봬요."

그러며 다시 자신의 별실 쪽으로 걸어가 사라졌다.

그녀가 사라지자, 하소인은 다물고 있던 입을 벌렸다.

"귀엽네요. 누구와는 달리."

그 누구가 자신을 지칭하는 것인지를 알면서도, 풍희정의 표정은 담담하기만 했다.

하소인이 말했다.

"금적산 쪽에서 보낸 후보라고 해서 좀 긴장했는데, 안심이 되네요."

"왜죠?"

"예쁘고, 착하고, 구김 없이 밝잖아요. 그러면 안 되죠."

"왜 안 되죠?"

하소인이 눈을 얇게 좁혔다.

"무서운 건 피할 테니까요. 누구처럼요."

풍희정이 가만히 하소인을 바라보았다. 그리고 앵두같은 입술을 벌려 차분한 목소리로 말했다.

"무섭다는 게 뭔지 알아요?"

"잘 알죠. 어리고 곱게만 살아오신 군주마마께서는 알까요?"

"너무 잘 알죠."

"그래요? 누가 더 잘 알까, 해보죠."

풍희정이 일어났다.

"잘 마셨어요."

하소인이 그녀를 올려다보며 말했다.

"내일 가보실 거죠? 그래요. 제가 큰 마음 먹고 선공은 양보하죠."

"선공이라. 뭐, 그렇다 치죠. 그런데 양보라는 말은 받아들이기 어렵네요. 이유가 뭐죠?"

하소인이 들켰다는 듯 어깨를 으쓱했다.

"아직 정보가 부족해서요. 저 홍예주라는 아이, 아무것도 모르고 온 것 같은데, 금적산에서 저런 아이를 아무 준비도 없이 보냈다면 그 만한 이유가 있기 때문이겠죠. 그이유가 뭔지 알아야겠어요."

"어렵게 사시네요."

"다 그 분께 배운 거랍니다. 이 정도가 어렵다면 지금이라도 돌아가세요. 그 분은 어려운 정도가 아니거든요."

"알아요. 그래서 좋아해요. 어중간하지 않으니까요."

"확실하신가봐. 지켜보죠."

"솔직히 당신은 그다지 경계하지 않아요."

"아! 간만에 마음이 맞네요."

"신경 쓰이는 건, 저 홍예주라는 분. 그리고……."

풍희정은 말을 맺지 못하고 한숨을 내쉬었다.

"하아."

천마재생

하소인도 덩달아 입을 벌리고 길게 한숨을 내쉬었다.

"하아."

풍희정과 하소인이 서로를 바라보며 동시에 말했다.

"이복순."

"이복순."

풍희정과 하소인은 다시 길고 깊이 한숨을 쉬었다.

"하아아아아."

"하아아아아."

✝

금적산.

돈으로 세상을 살 수 있다는 전설적인 갑부.

하지만 그저 전설일 뿐이다.

그렇게 알려져 있었다.

하지만 오년 전 금적산은 실체를 드러냈고, 고작 오년 만에 천하의 상권 중 오할을 장악해 버렸다.

온 세상이 깜짝 놀랄 만한 성과였다.

금적산이 이루어낸 업적은 황권의 이양과 협륜문의 등장에 묻혀 빛이 바라기는 했지만, 세상을 좌지우지할 만한 새로운 권력의 등장이라 할 수 있었다.

하지만 금적산은 만족하지 못했다.

더 많은 돈을!

더 많은 권력을!

그렇게 사람은 괴물이 되어간다.

금적산이라는 이름이 걸린 거대한 장원의 심처, 누군가 그렇게 다짐하듯 말했다.

이제 나이가 쉰 정도 되었을 것 같은 사내였다.

그가 바로 금적산이라는 거대한 사업체를 운영하는 두 사람 중 한 명인 황번동이었다.

그는 조카이자 원수인 황일정과 손을 잡고, 수라천마 장후의 술값을 일임하는 대가로 오년 만에 이렇게 꿈을 이룰 수 있었다.

하지만 지금에 만족할 수는 없었다.

다른 꿈을 꾸어야만 한다.

더 크고 더 화려한 꿈을!

황번동은 어둠을 향해 말했다.

"조카는 아직 눈치 채지 못했지요?"

어둠 속에서 목소리가 흘러나왔다.

"그가 눈치 챘을 땐 저승으로 향하는 길을 걷고 있을 쯤일 거요."

"믿어도 됩니까?"

"믿지 않으셔도 됩니다. 하지만 그렇다면 우리도 당신

천마재생

을 믿을 수는 없겠지요."

금적산이 식은땀을 흘렸다.

"죄송합니다. 저는 그저, 그저, 수라천마 장후라서 그럽니다."

"그러니 더욱 믿으셔야 합니다."

어둠 속에서 두 개의 눈동자가 떠올랐다.

눈동자는 바로 초승달처럼 휘어졌다.

웃는 모양이다.

"수라천마 장후를 죽여주겠다는 우리 천외비문(天外秘門)의 약속을."

확신이 느껴지는 목소리였다.

〈10권에서 계속〉

328